恋の謎解きは
ヒット曲にのせて

大石大

双葉文庫

目次

TRACKLIST

恋の謎解きはヒット曲にのせて

Now Playning

第一章

CHE.R.RY

0:07 3:28

注文した水割りを、大谷綾《おおたにあや》は一気に飲み干した。

「みひろさん、もう一杯ください」

カウンターを挟んで正面に立つオーナー兼ママのみひろに、空になったグラスを差し出す。二杯目が空になるのもあっという間だった。三杯目を待つ間、綾は頬杖を突き、店内に流れるクラシック音楽を聴きながら大きなため息をついた。

「どうしたの綾ちゃん？　まるで『どうしたの綾ちゃん？』って訊いてほしそうな顔してるけど」

グラスに氷を入れながら、みひろが尋ねてきた。

「遅いですよ！　声かけてくれるのずっと待ってたんですから！」

と言って、綾はふたたびため息をつく。「最近仲よくなった男性とデートしてたんですけど、途中で喧嘩して帰ってきちゃったんです」

「あら、それは災難だったね」

「ほんとは渋谷でカウントダウンをするはずだったんですけど」

「へえ！　カウントダウンのイベントやってるんだ」

「イベントはないみたいですけど、人がたくさん集まるはずだから行ってみようってことになったんです」

綾は三度目のため息をついた。「どうしてこんなことになっちゃったんだろう。意味わかんない」

「意味わかんない」というフレーズを、つい最近、中学時代からの友人である宝谷《たからや》真希子《まきこ》が口にしていたことを思い出す。綾が、二〇一九年四月三十日、つまり今日、平成最後の日に渋谷で元号が変わる瞬間を迎える、と告げたときに発したのだった。

「意味わかんない。たかが元号が変わるから何だっていうの？　革命が起きたわけでもないんだから、新しい時代が来るなんてただの錯覚よ。それどころか、人口は減る、高齢化は進む、景気はよくならない、消費税はまた上がる、いいことなんて何一つない。令和へのカウントダウンなんてのんきなことやってる場合じゃないよ。この子が大きくなったころ、この国はどうなってるんだろうね」

真希子はベッドで眠る生後四カ月の三男に目をやった。

「そのカウントダウンを楽しみにしてる人の前で、よくこれだけ辛辣なことを言えるね。国の将来より、この口の悪い母親に育てられる子どもたちの将来が私は心配だよ」

真希子は「うるさいなあ」と言って、

「でもさ、久しぶりのデートでテンションが上がるのはわかるけど、三十一歳にもなって渋谷でカウントダウンってどうなの。もう若者じゃないんだよ？」

と続けた。

「相手の男性が行きたいって言うからしょうがないじゃない」

「相手に合わせるんだ。必死だねえ。でもどうせ、綾のことだから今回も失敗するんじゃない？」

「不吉なこと言わないで。私もそろそろ結婚したいし、この出会いは絶対成功させるよ！」

と言いながら綾は拳を握った。その手は今、苛立ちをアルコールにぶつけるために、三杯目のグラスをつかんでいる。

昼から話題の映画『翔んで埼玉』を観て、喫茶店に行った。夕方から、綾が予約したレストランで食事をして、センター街で時代が変わる瞬間を待ち受けるはずだった。

それなのに、レストランへの移動中、綾が道に迷ったことがきっかけで大喧嘩になり、相手の男性が帰ってしまった。綾もしかたなく自宅の最寄り駅まで戻ったが、誰かに愚痴を聞いてもらいたくなって、駅前にあるいきつけのバーに足を運んだのだった。

「今回だけじゃないんです。私っていつもこうなんですよ。好きな人や恋人ができても、必ず今日みたいに、男性がたいした理由もないのに急にへそを曲げちゃって、理不尽な形で関係が終わっちゃうんです。ほんと、意味わかんないことばかりですよ」

すっかり、「意味わかんない」が口癖になってしまった。

みひろは、綾の愚痴を、微笑を浮かべながら聞き続けていた。綾が定期的にこの店に通い続ける理由は、みひろの存在にあった。

綾が初めてこの店を訪れたのは一年前のことだった。職場での不愉快な出来事を思い返しながら駅のホームを歩いていたときに、線路沿いのビルの二階にある店の看板が目に入ってきた。看板には、手書きのような崩した字体で「Smile」とあり、店名の下には、その字を書くのに使ったと思わせる万年筆のイラストが添えられていた。ガラスの向こうから漏れてくる店内の照明は、綾を誘い込もうとするかのように妖しく光っていた。

店は駅の北口にあり、綾のアパートとは反対側だった。ふだんは買い物も食事も南口の繁華街で済ませるので、北口にはほとんど足を向けたことがない。だけどこのときは店名と店の雰囲気に惹かれ、「Smile」という名のバーを訪ねてみることにした。それ以来、仕事で嫌なことがあったときや将来が不安でたまらなくなったときは、必ずこのカウンター席に座り、心の内をみひろにさらけ出した。綾の言葉を、みひろは柔らかな笑みとふくよかな体で全部受け止めてくれる。愚痴をじっくり聞いたあとで、必ず前向きになれるようなアドバイスをくれるのだ。

「どんなことにも理由はあるものよ」

みひろが諭すように言う。「たとえば、走っている人と肩がぶつかって、相手から罵られることがあるじゃない」

「腹立ちますよね。だいたいそういうことする人っておじさんなんですよね」

「そうかもね。もちろん、私も最初はむっとなる。でも、もしかしたらその人は身内が危篤になって病院に急いでいるのかもしれないじゃない。あの人はきっと一秒も無駄にできないくらい急ぐ理由がある、そう考えると、腹を立てることもなくなる」

みひろが笑みを見せ、口元にえくぼができる。

「これまでに、どんな別れ方したの？」

「え？」

「理不尽な別れ方、たくさんしたんだよね。あらためて振り返ったら、理不尽なんかじゃなくて、ちゃんとした理由があったことに気づけるかもしれない」

「どうしようかなあ……」

綾は周囲を見る。みひろには聞いてもらいたいけど、他の人の耳に入るのは避けたかった。

背後のテーブル席には客が一組いるが、会話が盛り上がっているので聞かれる心配はない。問題は、綾から数えて三席隣、カウンターの隅にいる男性だった。薄手のジャンパーを着て、髪の半分以上が白くなった気の弱そうな男性が、背中を丸めて一人で日本酒を飲んでいた。このお洒落なバーにはそぐわない、赤ペンを握りしめながら競馬新聞に没頭しているほうがずっと似合うような風貌だった。彼の耳に、綾の声が届いてしまうかもしれない。

少し考えて、「まあいいか」とつぶやいた。男性はうつろな視線を下に向けていて、こちらに関心を抱いている様子はなさそうだったからだ。

「いいですよ。じゃあ、どの話からしようかな」

「学生時代の恋愛なんてどう？　何かある？」

「ああ、ありますよ。あれは……もう十二年前かあ」

平成十九年、二〇〇七年の春。綾は十九歳だった。

＊

宮崎をどげんかせんといかん、とタレントから政治家に転身した男性がブラウン管の中で力説するのを眺めながら、綾はこたつに入ってパソコンを立ち上げた。

大学一年生、初めての春休みだった。とはいえ、まだ二月。春なんていう言葉とはほど遠い、寒い日が続いていた。実家の岩手とは違い、雪は降らないし気温が0度を下回ることもないけど、寒いことに変わりはない。

退屈な春休みだった。バイトに行く以外、ほとんど家にこもり、ワイドショーを見ながらインターネットばかりしていた。私のぐうたらな生活もどげんかせんといかんな、と思いながら、パソコンが起動するのを待っていた。

テレビでは、宮崎の話題が終わり、団塊の世代がこれから定年退職を迎えるという話に変わっていた。退職者が増えることによって、就職は売り手市場になるらしい。二年後の就職活動を考えると明るいニュースだった。翌年のリーマンショックで事態は一転するのだけど、当時の綾はそんなことも知らず、のんきにあくびをしながらそのニュースを眺めていた。

インターネットを開き、綾は真っ先にmixiをクリックした。

mixiは、日記を書いたり、他人の日記にコメントを寄せたり、同じ趣味の人たちが集まって掲示板上で交流したりできるSNSで、綾の周囲では大流行していた。mixiを始めたのは真希子に招待されたのがきっかけだった。綾も真希子も、それぞれ東京の大学に進学していた。家の最寄り駅がどちらも同じ路線だったこともあり、よく二人で会っていた。

オレンジ色のトップページが開くと、画面上部に赤字で「1件の日記に対して新着コメントがあります！」と表示されていた。クリックすると、昨日の日記に真希子からのコメントが添えられていた。居酒屋でのバイト中、酔っ払いに絡まれて鬱陶しかった、という日記に対して、当時プロレスに興味を持ち始めていた真希子が「そんな奴にはドロップキックだ！」とコメントしていた。綾は「よっしゃ！　今度やってみる！」と返した。

その日見たテレビの感想、バイトであった出来事、思いついたくだらないギャグなどを日記に書き、そのたびに友達からコメントが届くのが何より楽しみだった。コメントが届いていないかが気になって、一日に何回もmixiを開いた。丸一日誰からもコメントがないとさびしくてたまらなかった。

返信を終え、友達の日記を閲覧し、最後にコミュニティのページをチェックすることにした。

日記を書く他にも、様々なコミュニティに参加し、掲示板にコメントを残していた。たとえば岩手県出身者が集まるコミュニティ、東京で一人暮らしをする人たちのコミュニティ、そして好きなタレントやアーティストのコミュニティにも登録した。

綾は、少し前からよく聴くようになったＹＵＩというアーティストのコミュニティを開いた。綾と同年代の女性シンガーで、自らが作詞作曲した曲を、ギター片手に歌う姿が格好よかった。

コミュニティに、「YUIの好きな曲を教えて！」というタイトルの掲示板があり、昨日コメントを残していた。

綾は『TOKYO』という曲を選んだ。上京する新幹線の中で自分の境遇と重ね合わせながら聴いた、思い出深い曲だった。その後にどんな書き込みがあったのか気になって画面をスクロールすると、綾のコメントのすぐ下に、こんな文章があった。

「＞AYAさん

『TOKYO』最高ですよね！　僕も東京で一人暮らしをしているので、この曲が胸に沁みるんです」

KENJIというハンドルネームだった。

彼のコメントの下には、他にも好きな曲を挙げている人たちのコメントが並んでいたけど、綾はかまわず彼に向けたコメントを書き込んだ。

「＞KENJIさん

仲間がいて嬉しいです！　アルバム聴くとき、あの曲だけ何回もリピートしちゃうんです」

翌日、女性は子どもを産む機械だ、という趣旨の発言をした政治家のニュースを見ながらmixiを開くと、赤字で「新着メッセージが1件あります！」とあった。

「すいません、直接メッセージ送っちゃいました。AYAさんと同じ、『TOKYO』が好きだとコメントしたKENJIです。YUIが好きなんですけど、周りに聴いてる人がいなくてさびしい思いをしていました。同じ曲が好きだという人がいて嬉しかったです」

綾はコメントを返し、KENJIのページに飛んでプロフィールを見た。東妻賢治《あづまけんじ》というのが彼のフルネームだった。プロフィール画像には熊のぬいぐるみの写真が使われていて、素顔はわからない。

年は二つ上、現在T大学文学部の三年生のようだ。T大学は、綾の学力では到底入学できないような偏差値の高い大学だ。弁護士になるための勉強で忙しいらしく、そのせいか日記はあまり更新していなかった。

綾の方から、友達登録のためのマイミク申請をして、賢治と繋がることになった。メッセージ機能を使ってYUIの話をしたり、綾の日記に賢治がコメントを返してくれたりする日々が続いた。

賢治がどんな人なのか毎日想像した。その際に手がかりとなったのが、一人称が「僕」であるという情報だった。日記のコメント欄に、賢治と最近会っていないと思われる友達が「お前、日記だと自分のこと『僕』って言うのか（笑）気持ち悪いな（笑）」と書き込み、賢治は「最近は友達と話すときも『僕』に変えたんだ。その方が自分らしいかと思って」と返信していたのだ。

一人称が「僕」の大学生。きっと穏やかな人なのだろう。もちろん、T大学なのだから頭がいい人なのは間違いないけど、はやりの音楽をたくさん聴いているみたいだから、ただのガリ勉ではないはずだ。きっと背が高く、笑顔が素敵で、落ち着いた物腰で、理知的な会話を好み、だけど冗談も得意でいつも周囲を笑顔にさせる……。

都合のいい妄想が止まらなかった。バイト中も彼のことを考え、バイト仲間から顔がにやけていて気持ち悪いと注意された。

三月上旬、YUIの最新シングルが発売された。

『CHE.R.RY』という曲だった。発売日に買い、iPodに入れて何度も聴いた。多幸感溢れる恋愛ソングで、綾は聴くたびに賢治のことを考えた。賢治はどんな感想を抱くのか、聞いてみたかった。

だけど最近、賢治はメッセージを送ってこなくなっていた。「足あと」という、自分のページを誰がいつ閲覧したかを確認できる機能があったが、賢治が綾のページを訪れた形跡はなかった。

綾は思い切ってメッセージを送ることにした。

「YUIの新曲出ましたね！　KENJIさんは聴きましたか？」

続けて、勇気を振り絞ってこう打ち込んだ。

「あの、一度会ってみませんか？　直接話がしてみたいです」

一時間おきにmixiを確認する日々が三日続いたが、賢治からの反応はなかった。綾は誘ったことを後悔した。ほんの少しネット上でやりとりしただけの相手と会うなんて冷静に考えればありえないことだ。賢治は気味が悪いと思ったに違いない。会ってくれないどころか、もうメッセージすら送ってこないかもしれない。

四日目の朝、返事が届いた。

「連絡遅れてすいませんでした。

いいですね！　ちょうど『CHE.R.RY』も出たことですし、花見の時期にでも会いますか」

三月下旬、井の頭公園で会うことに決まった。

改札をくぐり、思わず綾は立ちすくんだ。

長身で、髪の短い爽やかな男性が、花壇の前で分厚い参考書を熱心に読み込んでいる。

「こんな人だったらいいな」と、綾が思い描いていたとおりの人が、そこにはいた。

「賢治さん、ですよね？」

彼のハンドルネームだからしかたないとはいえ、初対面の男性を下の名前で呼ぶのは恥ずかしかった。

「初めまして、綾さん」

そして、初対面の男性から下の名前で呼ばれるのはくすぐったかった。

「すいません、待たせちゃいました」

「そんなことない。僕は家が近いから、早めに来たんだ」

「あ、本当に『僕』って言ってる」

綾が指摘すると、賢治ははにかみながら「日記見たんだね」と言った。

公園は桜が満開になっていて、老夫婦や若いカップルが歩いていた。遠くから、下手くそなギターの演奏音が冷たい風に乗って届いてくる。綾たちは、桃色の花びらを見上げながら園内を散策した。

「ネットで知り合った人と会うのは初めてだから緊張します」

「僕もだよ」

「初対面なのに、お互いのことを初めから知ってる、というのは変な感じですね」

「不思議だよね。でも、僕たちが初対面だということは、仮に別人が僕や綾さんになりすましていても、お互い気づかないことになるね」

「え？」

「いや、安心して。もちろん僕は本物の賢治だよ」

「わかってますよ。私だって本物です」

賢治の誠実そうな様子は、彼の書く文章から想像するイメージに近かった。なりすますなんて、言葉で言うのは簡単だけど、実行するのは難しいはずだ。

「ごめん、変なこと言っちゃったね」

ボートを漕ぐ人たちを眺めながら、綾たちは池に架かる橋をわたった。

「YUIはいつから聴いてるんですか?」

「『Good-bye days』の頃からだね。実は母の影響なんだ。夏休みに栃木の実家に帰ったとき、母がこの曲を聴いていて、それがきっかけで僕も好きになった」

「へえ、お母さん、音楽好きなんですね。私の親なんて、未だに七〇年代の古い曲ばかり聴いてるんです。今の曲は軽薄だ、なんて悪口ばかり言うんです」

「逆に、僕の母は流行り物が好きなんだ。音楽に限らず、流行の最先端を行く人だから。綾さんのご両親流に言うと、軽薄な人だよね」

賢治の声音には皮肉が混じっていた。「でも、昔の音楽を聞き続けているということは、一生楽しめる音楽に出会えたということだよね。それってすごく素敵なことじゃない?」

思いがけない意見に、綾は「なるほど」と唸るように言った。

「賢治さん、『CHE.R.RY』聴きました?」

「テレビで何度か聞いたけど、実はCDはまだ買ってないんだ。勉強で忙しくて、出かける暇もなくて」

「ありがとうございます」

「え？」

「忙しいのに、私と会う時間は作ってくれたんですね」

綾が言うと、賢治は恥ずかしそうに笑った。

「私、今日iPod持ってきたんです。よかったら一緒に聴きませんか？」

花びらが数枚落ちているベンチに座り、iPodとイヤホンを出した。イヤホンの片方を賢治にわたし、残りを自分の右耳に入れた。ほんの数センチ隣の賢治を意識しながら、曲を再生した。

「爽やかでいい曲だね」

聴き終えると、賢治が満足そうに言った。「もう一回聴いてもいい？」

ふたたび再生する。曲のリズムに合わせて、賢治が体を小さく揺らす。綾も一緒に体を揺らした。サビになり、賢治が小さな声で「恋しちゃったんだ」と歌い始めた。綾も次のパートで「たぶん気づいてないでしょう？」と一緒に歌う。そのまま、小さく動く賢治の口元を見つめながら、賢治の声に自分の声を重ね続けた。

「せっかくだから、他の曲も聴きましょうか」

他の曲も再生し、同じように一緒に歌った。綾たちが知り合うきっかけとなった曲『TOKYO』ももちろんかけた。賢治と同じリズムで体を揺らしながら、綾はあたりを見わたした。

　公園には、春のやわらかな陽射しが降りそそいでいた。頭上で咲き誇る桜、道行く人々の笑顔、地面に転がる石ころまで、すべてが輝いて見えた。今後、ＹＵＩの曲を聴くたびに、この光景を思い出すのだろうと綾は確信した。

「井の頭公園じゃなくて、カラオケに行くべきだったかな？」

　曲を聴き終えたあとで、賢治が言った。

「そうかもしれないですね」

　と答えたが、心の中では否定していた。カラオケなんかより、ずっと幸せな時間を過ごすことができた。

　あらためて公園内を散歩して、近くの喫茶店に入った。

「綾さんって、大学ではどんな勉強してるの？」

　クリームソーダを飲みながら、賢治が訊いてきた。

「一応、賢治さんと同じ文学部です。今は、文学の歴史とか、現代文学の課題とか、そういう講義をいろいろ受けてます……」

　顔をそらしながら答えた。講義がつまらなくてサボってばかりなんです、なんて、Ｔ大生の前では恥ずかしくて言えない。

「じゃあ、僕と似たようなこと勉強してるんだね」

「でも、賢治さんは、弁護士目指してるんですよね。どうして法学部に入らなかったんですか？」

「僕は、大学に入ったあとで弁護士を目指すことに決めたんだ。世の中には理不尽な目に遭って苦しんでいる人がたくさんいるから、その助けになりたいと思って」

賢治は真剣な顔つきで言った。将来の目標などなく、何となく日々を過ごしている綾にとって、彼の決意に満ちた表情はまぶしかった。

「じゃあ、司法試験を受けるんですか？」

「いや、その前に、法科大学院に入らないといけない」

そういう大学院が新しくできたというのは、過去にニュースで見た記憶があった。

「僕は大学では法律の講義を取れないから、独学で勉強してるんだ。進学費用も稼がないといけないからバイトもしないといけなくて、せっかくの春休みなのに全然休めなかった」

「すいません、そんなに忙しいのに誘っちゃって」

「とんでもない！　いい気分転換になったよ。桜は綺麗だったし、綾さんと一緒にYUIの曲を聴けて、楽しかった」

それから夕方までお互いの話をして、ふたたび公園内を通って駅まで向かった。電車は逆方向だったので、改札をくぐったところで別れることになった。

「会う前は緊張したけど、綾さんがいい人でよかった」

そしてこう言った。「また会おう」

「はい！」

帰りの電車に揺られながら、ふたたびYUIの『CHE.R.RY』を聴いた。

「恋しちゃったんだ　たぶん気づいてないでしょう？」

恋しちゃったんだ、とYUIの歌声に合わせてつぶやいた。

ちゃんと気づいてるけどね。

窓の外で咲く桜を見ながら、綾は思った。


二週間後の週末、真希子とファミレスに行った。

真希子と会うのは久しぶりだった。上京してすぐのころは、お互い心細くて毎日のように顔を合わせていた。真希子と同居している、双子の弟の真太郎《しんたろう》と三人で会うことも多かった。

注文を終えると、さっそく綾は賢治との出会いを話した。

「そう簡単にいくかなあ？」

届いたナポリタンをフォークで巻きながら、真希子が疑念の声を上げた。

「水を差すようなことを言わないでよ」

「だって、相手はT大でしょ？　しかも背が高くて顔もよくて、性格も悪くないんだよね。綾なんかと釣り合うとは思えないけど」

「なんか、って何よ！」

「どうせダメになると思うよ。私もダメだったし」

「え？」

恋人ができた、と打ち明けてきたのは三カ月前のことだ。サークル活動で知り合った他の大学の学生とつきあうことになったらしい。mixiでも、デートした日のことを何度か書いていた。

「元彼も、T大ほどじゃないけど偏差値高い大学でしょ？　最初のころは仲よかったのに、同じ大学の女とつきあうから、って言われて別れることになっちゃった」

「そうだったんだ……」

「最初は、『君みたいな女の子らしくてかわいい子が好きなんだ』とか言ってたくせに、別れるころには『そんなひどい口の利き方をする人だとは思わなかった。君を女の子とは認められない』だって。ひどくない？　別れ際にビンタしてやったけど、どうせならチョークスリーパーでも決めればよかった」

「それはあなたの本性が露呈したというだけの話では……」

真希子は、親しい相手には口が悪くなるくせに、初対面の相手には人見知りをしてしまう。きっとその男性は、関係を深めるにつれて彼女の本来の姿を知り、驚いてしまったのだろう。

もし賢治とつきあうことができたとしても、真希子に会わせるのはやめておこう、とひそかに決めた。賢治の日記に、「粗暴な人、暴力的な人は男女問わず苦手」と書かれていたのだ。ふられた腹いせにプロレス技を食らわせようとする友達がいるなんて、絶対に知られてはいけない。

「結局、頭のいい奴らってのは、私たちみたいな偏差値の低い連中を人間として認めてないんだよ。差別してるんだ。賢治とかいう人だってきっと同じよ」

「決めつけがすぎるよ」

綾がたしなめるが、真希子の耳には入らない。他の志望校をすべて落ち、滑り止めの大学に入ったせいで、真希子は偏差値の高い大学の学生にコンプレックスを抱いていた。

「でも、綾は賢治って人とつきあいたいんでしょ？」

「うん、まあ。また会う約束もしたし」

翌週の土曜日、今度は上野で会うことになった。ＹＵＩのアルバムが発売されたから一緒に聴こう、ということになったのだ。もちろん綾は発売日に買い、iPod にも入れている。

「じゃあ、私が一肌脱いであげる」

真希子が胸をたたいて言った。「私、どうすれば、男性の心をつかみ続けられるのか考えたの。美容やファッションに気を使って女性としての魅力を高めるべきか、と最初は考えた。でも、私たちよりはるかに綺麗な人が東京にはあふれてる。お金もないし、努力には限界がある」

「それで？」

できれば余計なことはしないでほしいんだけど、と思いながら綾は訊いた。

「魅力をアピールするんじゃなくて、弱さを見せればいいの。あるいはピンチになって追いつめられた姿を見せる。男性はきっと、この人は俺が守らなければいけない、と使命感を覚えるはず。そうすれば、男性は簡単に女性を見捨てない」

「賢治さんは『俺』って言わないけどね」

「そんなことはどうでもいいの」

「言ってることはわかった。だけど、弱みを見せるって、狙ってやるのは難しくない？ピンチになる、っていうのも、そんなに都合よくピンチになんてならないよ。だいたい、ピンチって具体的にどういう状況？」

「だから、私が一肌脱ぐって言ってるでしょう」

真希子が胸を張った。「ピンチがないなら作ればいい。私が協力してあげる。綾にはいろいろ借りがあるからね」

子を見つめた。


「借り？」

「いいから任せて。あなたの恋愛を成就させてあげる」

「うん、ありがとう……」

お礼こそ言ったものの、不安が込み上げてくるのを抑えることはできなかった。逆効果にならなければいいけど、と心配しながら、おいしそうにナポリタンを咀嚼する真希子を見つめた。


一週間はあっという間に過ぎ、賢治と会う日になった。

上野に向かう途中、真希子からメールが届いた。

「いよいよ今日だね！　確認だけど、動物園に行ってから、不忍池《しのばずのいけ》のボートに乗るんだよね？　ボート乗り場まで来たら、乗る前に池の周りを一周したいって言ってね」

「何をするつもりなの？」と尋ねたけど、「それは秘密。ちゃんと演技するのよ」としか返ってこない。「演技、ってどういうこと？」と送ったが、そこでメールのやりとりは終わってしまった。

上野駅に着き、公園口の改札を通った。この日も、賢治は先に待ち合わせ場所に着いていた。

「お待たせしました」

参考書に目を落としていた賢治が、綾を見た途端に顔をほころばせた。

「服、似合ってるね」

デートに合わせて買ったカーディガンだった。この一言をもらえただけで、来た甲斐があった、と綾は思った。

上野動物園に向かう道は、大勢の人であふれていた。

「実は、上野に来るの初めてなんです」

「そうなんだ！　このあたりって美術館がたくさんあるんだけど、来たことない？」

右にある美術館を指さしながら尋ねてきた。

綾は首を振る。漫画ならともかく、昔の絵画なんて何がいいのか綾にはわからない。

「母が絵を見るのが好きなんだ。高校生のとき、母と一緒に美術館巡りをよくしたんだ」

「お母さんと仲いいんですね。反抗期はなかったんですか？　私が高校生のときは、家族で外出するの嫌でしたよ」

「当時はなかったな。大学に入った少しあとにぎくしゃくしたことがあったけどね」

そんなことを話しながら、綾たちは表門から上野動物園に入った。親子連れでにぎわう園内をぶらつきながら、ジャイアントパンダのリンリンや、ゴリラやライオンといった動物を見物した。賢治は特にカワウソがお気に入りだったらしく、飼育員が与えるえさを、顔全体を動かして食べる様子を見ながら「癒やされるなあ」とつぶやいていた。

一時間ほどかけて園内を回り、不忍池の脇にある弁天門という出口から外へ出た。

「いやあ、楽しかった。最近勉強ばかりしていて気が滅入っていたから、とてもいい気分転換になったよ」

賢治が満足そうに言った。

「勉強、大変なんですね。たまに日記でつらい気持ちを吐き出してますよね」

「ああ、見られてたか。恥ずかしいな」

賢治が頭を搔いた。「あまりにしんどいとき、衝動的にmixiを開いてそのときの気持ちをぶつけちゃうんだ。そういう日記はいつもあとで削除するんだけどね」

露店が並ぶ通りを歩き、その先にある弁天堂の脇を抜けたところにボート乗り場があった。池の上を、白鳥の形をしたたくさんのボートがゆっくり動いているのが見えた。

「乗る？」

「その前に、池の周りを歩きませんか？　もう少し散歩したいです」

真希子の指示どおりに言った。

いよいよここまで来たか。

人通りの少ない小道を、身構えながら歩く。この先で、真希子はいったい何を用意して待っているのか。横から賢治が話しかけてくるけど、緊張のせいでほとんど頭に入ってこなかった。

そして、それは起こった。

道の先にしゃがんでいた茶髪の若者が、持っていた缶ビールを投げ捨てて立ち上がった。「姉ちゃん、かわいいじゃねえか。そんな男ほっといて、俺とデートしねえか?」

「おう、姉ちゃん」

「あ……あ……」

綾の口から声が漏れる。恐怖でうろたえたのではない。「あなた、何やってるの」と叫びそうになるのを懸命にこらえていたのだ。

アルコールで顔を真っ赤にさせたこの男性は、見知らぬチンピラではなく、真希子の双子の弟、真太郎だった。真太郎は、高校卒業後、働くあてもないのにむりやり真希子についてきて、バイトしながら夜遊びに繰り出す毎日を過ごしていた。

真希子の作戦が理解できた。真太郎を二人に近づけ、綾をむりやり連れ去ろうとする。綾を怖がらせることで、賢治に、綾を守らなければという使命感を与えるつもりなのだろう。

真希子を罵りたくなった。こんな子どもだましのような計画が本当にうまくいくと思っているのだろうか。すれ違う人たちが見て見ぬふりをして通り過ぎていくたびに、綾は恥ずかしさのあまり、この場から逃げ出したくなった。

「なあ姉ちゃん、俺と一緒にボート乗らねえか?」

綾はノリノリで演技をする真太郎をにらんだ。姉のめちゃくちゃな頼みを素直に受け入れる弟もどうかしている。

「ボートが嫌なら美術館行くか? お勧めの絵があるんだ。モーツァルトって知ってるか」

モーツァルトは作曲家だ!

「他にも西郷さんの像とか、顔しかない大仏とかいろいろあるんだぜ。さあ、行こう」

真太郎が綾の手をむりやり引っぱった。

「痛い! やめてよ!」

綾が本気で嫌がり、真太郎は一瞬手を離す。だけど、それではいけないと思ったのか、ふたたび綾の手を強引に引っぱった。酒臭い息が綾の頬にかかる。

「じゃあ、この子は俺がもらっていくからな。お前は一人でボートにでも乗ってろ」

ぎゃはははは、と真太郎がわざとらしい笑い声を上げる。綾は怯える表情を作りながら賢治を窺った。

賢治は動かなかった。両手を強く握りながら、黙って事態を見守っていた。

え、まさか、助けないつもり?

真太郎の顔を覗くと、やはり彼も動揺しているらしく、笑みが引きつっていた。早く俺を止めろ、とでも言いたげな、すがるような視線を賢治に向けていた。

「……るな」

賢治が何か言った。

「あ、何だって？」

真太郎が挑発すると、賢治は鼓膜が震えそうなほどの大声で怒鳴った。

「ふざけるな！」

綾の体がすくんだ。顔を真っ赤にして怒りをむき出しにした賢治は、真太郎よりもはるかに怖かった。

「あんたのような、自分の欲望を満たすためなら平気で他人をないがしろにする奴が僕は一番許せないんだ。反吐《へど》が出る。あんたみたいな社会のゴミは、みんな死んでしまえばいい」

綾は耳を疑った。数分前までの賢治からは想像できないような言葉遣いだった。

「誰が社会のゴミだって？」

真太郎のこめかみに青筋が浮いていた。

これはまずい。真太郎が本気で怒っている。

真太郎が真希子と上京したのは親と喧嘩して家にいづらくなったのが原因だった。進路が決まらないまま高校を卒業する真太郎に親が説教した際、「このままじゃ社会のお荷物になる」という言葉に激高したと聞いている。

真太郎が綾の手を離し、指の骨をならしながら賢治に近づいていった。

「そういうデカい口、二度とたたけないようにしてやるよ」

「今度は暴力か。どこまでも卑劣だな」

賢治が真太郎に送る怒りのまなざしに、わずかに怯えの色が混じった。賢治は、背は高いが体は細く、とても腕力があるようには見えない。一方、真太郎は高校で空手部に入っていたから、殴り合いになったら結果は明らかだ。

「ねえ、やめて」

綾の声は、怒りに支配された真太郎の耳には届かない。

どうしよう、このままだと賢治がとんでもない目に遭ってしまう。

「覚悟しろよ！」

拳を握り、真太郎が賢治に接近していった。

そのとき、以前真希子が日記に残したコメントが脳裏をよぎった。

「そんな奴にはドロップキックだ！」

迷っている暇はない。真太郎、ごめん！

綾は全力で走り、真太郎の真横からドロップキックを見舞った。

「うおおっ」

真太郎の驚く声と、地面に激突する音が周囲に響いた。

真太郎は道と池を隔てるチェーンを乗り越え、斜面を転がって池に落ちていった。

真太郎、ほんとにごめんね！　今度ご飯おごるから許して！

「逃げよう！」

綾は賢治の手をつかみ、全力で走った。ボート乗り場を過ぎ、露店の人混みをすり抜け、ふたたび動物園の弁天門まで戻ってきた。

「ありがとう、助かった」

息を切らしながら賢治が礼を言った。本当は賢治が綾を助けるはずだったのに、これでは計画が台無しだ。

「危なかったですね。何なんでしょうね、あの人」

「もう池には戻らない方がいいかもしれないね」

「結局、また動物園の前に来ちゃいましたね。何ならもう一回入ります？」

綾が冗談めかして言ったが、賢治は答えなかった。動物園の方向を強張った顔でじっと見つめていた。

「あの、賢治さん？」

「今日はもう帰ろう」

「え？」

「ごめん。勉強で忙しいから、あまり長い時間遊んでるわけにもいかないんだ」

賢治は駅のある方角に向けて歩いていった。綾はあわてて後を追う。駅までの間、賢治は一言も話さず、綾と目を合わせようとすらしなかった。改札を通ると、賢治は「僕はトイレに行くから、これで」と言って綾の前から消えた。

綾はしばらく動けなかった。まだボートに乗っていないのに。YUIのアルバムも一緒に聴くはずだったのに。どうして急に帰るなんて言うんだろう。

帰宅途中、真希子からメールが届いたけれど、開く気にはなれなかった。代わりにmixiを開くと、賢治の日記が更新されていた。

そこには一言、「ああいうのは許したくない。自分勝手かもしれないけど、どうしても我慢できなかった」とあった。

その日記は数時間後に削除された。それ以来、賢治とは会っていない。あれだけはまっていたはずのmixiにも、いつのまにかアクセスしなくなっていた。

＊

「ドロップキックするような暴力的な女は好きになれない、ってことなんでしょうね。粗暴な人や暴力的な人は苦手、って日記に書いてましたから」

空になったグラスに目を落としながら、綾は言った。「でも、ひどいと思いませんか。彼を助けるためにやったことなのに、それを否定するなんて。それに、いくら自分の好みとは違ったとしても、その場でむりやりデートを切り上げるなんて信じられないですよ」

そして綾はため息をついた。「意味わかんない」

「綾ちゃん」

見上げると、みひろが頬を緩めて綾を見つめていた。「『意味わかんない』で終わらせないで、相手の行動の理由を考えようっていう趣旨で話してもらったんだから、簡単に投げ出さないで。賢治君が急に帰ると言ったのは、もっと深い理由があったのよ」

「深い理由って何ですか。教えてくださいよ」

綾が口を尖らせると、みひろは「そうねえ」と言いながら腕を組んだ。

右から声がしたのはそのときだった。

「ホーソン実験」

カウンターの隅で酒を飲んでいた初老の男性が、猫背の上体を綾に向けていた。

「あの、何ですか」

「ホーソン実験をモデルに考えれば答えが導き出せるかもしれません」

「あの、すいません。勝手に話に入ってこないでください。というか、ずっと盗み聞きしてたんですか」

「すいません、そんなつもりはなかったんですが、耳に入ってきたので、つい」

男性は縮こまり、何度も頭を下げた。

「綾ちゃん、聞いてみましょう」

みひろはなぜか男性の闖入《ちんにゅう》を受け入れた。

「え？　どうして？」

「もしかしたら、この人が答えを教えてくれるかもしれない」

「まさか！」

こんな怪しげな男にいったい何がわかるというのだろうか、と思っていると、そこで初めて男性のしている腕時計に目がいった。使い古したジャンパーの袖からはみ出していた腕時計は、綾の月給程度ではとうてい買えないレベルの高級な時計だった。

この人、何者？

「話してもいいですか」

男性の問いかけに、綾はうなずかざるを得なかった。

「ホーソン実験とは、百年近く前にアメリカの企業で行われた実験です。ホーソン工場というところで、生産性向上を実現するため、労働環境が作業効率にどれだけ影響を与えるかをたしかめる実験が行われました」

綾は目を見張った。急に男性の口調が理知的なものに変わったからだ。

「まず最初に、照明を明るくしたり暗くしたりして、部屋の明るさが作業効率に影響を与えるかどうか検証しました」

「実験するまでもないじゃないですか。明るくした方が効率がよくなるに決まってます」

「結果はそうならなかったのです。照明を明るくした場合に限らず、照明を暗くした場合の効率も、従来より上がったのです」

「暗くしたのに効率が上がるんですか？　どうして？」

「想定していなかった結果を受けて、さらに実験は続けられました。今度は照明だけでなく、部屋の温度や湿度、労働日数、休憩の回数や時間など、労働条件を細かく変えながら実験を行い、労働環境がどれだけ仕事に影響を与えるのかを検証しました」

「どうなったんですか」

「最初は、労働条件を改善することで、作業効率は上がっていきました。その後、今度は労働条件を悪化させたのですが、作業効率は落ちませんでした。労働条件が悪くなったのに、仕事の成果は変わらなかったのです」

どうしてだろう、と綾は首をひねる。部屋が適温じゃなくなったり、休憩時間が少なくなったりすれば、作業効率に悪影響を及ぼすに決まってるのに。

「実験が行われるまで、照明の明るさや休憩時間など、物理的な作業条件が労働者の生産性に影響を与えると思われていました。しかし、この実験結果を受けて、労働者の生産性を高めるためには、物理的な変化以上に心理的な変化が重要であることがわかりました」

「心理的な変化？」

「実験中、実験者は従業員と面談を行い、物理的条件以外の要素では従業員の要望を聞きながら様々な変更を行っていたのです。たとえば、作業中に監督者を置くのをやめたり、作業中の雑談を許したりしました。そういった変更により、従業員は気分よく作業に取り組み、効率よく仕事ができるようになったのでしょう。そして何より、実験の参加者に選ばれた、という自覚が、労働者たちのモチベーションに大きな影響を与えました。会社が行った重要な実験のメンバーになったことで強い使命感を抱き、さらに一緒に参加する従業員との間に連帯感が生まれ、仕事への意欲が高まった結果、生産性が向上したと考えられています。この実験以降、企業は、労働条件を改善するだけではなく、従業員同士の人間関係を重視するようになりました。現代では当たり前の考え方ですが、そのきっかけは百年ほど前のこの実験にあったのです」

「なるほど。それで？」

「これは私の意見ですが、実験者は、従業員たちに実験を行っている事実を隠すべきでした。実験者としては、彼らにはふだんどおりに働いてもらいたかったはずです。しかし、実験だと告げたせいで、従業員の労働への意識が変わってしまった。結果的に、心理的な要素の重要性に気づけたからよかったものの、『物理的な労働環境の変化が作業効率に与える影響をたしかめる』という本来の意図を考えると、この実験には問題があったと私は思います」

男性が口を閉じた。

え、これで終わり？

「ちょっと待ってください。その実験の話、私とどんな関係があるんですか？」

「単に実験の結果を覚えるだけではもったいない。実験の経緯から学んだ教訓を、他の事例に応用させることで、新たな発見が得られるかもしれません」

「もっとはっきり言ってください」

「私が言いたいのは二つです。因果関係に矛盾を覚えるときは、原因が違うところにあるのではないかと考えるのが大切だということ。そして、実験を行っているのを当事者が自覚していることが、その結果を歪めてしまうケースがあること」

「いや、だからそれが何だっていうんですか」

綾は声を荒らげた。「もう、全然意味わかんないですよ」

「賢治さんがあなたを避けたのは、あなたの暴力的な一面を見たからではありません」

「え？」

「あなたたちが賢治さんの気を引くために策を弄したこと、それが彼には許せなかった」

「賢治さんにバレてたってことですか……？　どうして……？」

「演技が下手だったからじゃない？」

みひろが身もふたもないことを言った。

「それもあったのでしょうが、私が推測する理由は別のところにあります。真太郎さんがあなたに声をかけたときの誘い文句、覚えていますか？」

「ボートに乗ろうとか、美術館でモーツァルトの絵を見ようとか」

「それ傑作だよね。上野にモーツァルトの絵があるのなら私もぜひ見てみたい」

みひろが笑った。

「あとは、大仏を見ようとか西郷さんの像を見ようとか言ってました」

「どうして動物園に誘わなかったのでしょう」

「ええと、それは行ったばかりだから？」

「どうして行ったばかりだとわかるんでしょう？」

「それは……」

「上野で女性をデートに誘うのであれば、当然動物園を候補に入れますよね。少なくとも、大仏や西郷像よりは先に動物園を挙げるのが自然です。ところが彼は動物園に行こうとは言わなかった。なぜか。彼はあなたたちがすでに動物園を訪れていたのを知っていたから。なぜ知っていたか。彼はあなたたちの行動をあらかじめ把握していたから。つまり、この二人はもともと知り合いであり、彼があなたに絡んでくるのは仕組まれたものだった。そう、賢治さんは考えたのではないでしょうか」

男性の説明は、綾にとって腑に落ちるものだった。真太郎を池に落としたあと、綾たちは動物園の前まで逃げてきた。動物園にもう一度入ろうか、と綾が冗談で提案した直後、賢治の態度は急変した。綾の一言がきっかけで、賢治は真太郎の言動に違和感を覚えたのかもしれない。

「でも、私たちのやったことって、そんなにひどいことだったのかな」

たしかに、綾は賢治を騙したことになる。だけど、悪意があってやったわけではない。途中でデートを切り上げるほど怒ることだとは、綾には思えなかった。

「賢治さんは、人の芝居に乗せられて心を操られることがどうしても許せなかったんです。なぜなら、過去にも同じような経験をしているから」

「賢治さんが？」

男性は首を横に振った。

「賢治さんのお母さんがです」

お母さん？

「ヒントはたくさんありました。お母さんは音楽に限らず流行の最先端を行っている、と賢治さんが皮肉を言っていたこと。賢治さんが大学に進学した少しあとに、お母さんとの関係がぎくしゃくしたこと。文学部に在籍しているにもかかわらず、理不尽な事態に陥って苦しい思いをしている人たちの助けになりたい、という理由で弁護士を志したこと。進学費用を稼ぐためにアルバイトを頑張っている、というのも家庭の金銭事情の変化を表しているのかもしれません」

「あの、どういうことですか……？」

「そして何より、賢治さんは大学に入ってから、一人称を『俺』から『僕』に変えたこと。何か気づくことはありませんか」

「俺から僕？　え、何だろ。俺、僕、俺、俺……あっ！」

男性が示唆するものに思い至り、綾は立ち上がりそうになった。

「賢治さんのお母さんは、オレオレ詐欺の被害に遭ったのではないでしょうか」

オレオレ詐欺。その後、「振り込め詐欺」とか「母さん助けて詐欺」とか様々な名称がついたけど、結局詐欺が社会問題になった初期に名づけられた「オレオレ詐欺」という名称がいまだに世間には浸透している。

「賢治さんは二〇〇七年二月時点で大学三年生でした。だとすると、彼が大学に入学したのは、二〇〇四年の春。ちょうど、オレオレ詐欺が社会問題になった時期です。詐欺に遭ったと知った賢治さんは、お母さんを責めたのでしょう。どうして実の息子の声がわからなかったんだ、と」

当時の詐欺の手法は、電話をかけた相手に「母さん、俺だよ」と言って自分の息子だと誤認させ、金が必要な理由を告げて指定の口座に振り込ませるというものだった。

「初めて会うとき、あなたからの誘いのメッセージにしばらく返信しなかったのも、mixiを開かなかったのではなく、誘いに応じるべきか迷っていたのかもしれません。もしかしたらこの人も自分を騙そうと企んでいるのかもしれない、と警戒して、会うべきかどうか考えていたのではないでしょうか」

そういえば、初めて賢治と会ったとき、彼は、自分たちは本物の賢治や綾ではないかもしれない、と話していた。あの発言は、彼の不安の表れだったのか。

「演技をして相手の心を操る、という点で、詐欺の犯人とあなたたちの行いは賢治さんにとって同じ意味を持つものでした。もちろん、あなたに悪意がなかったのはわかっていたはずですが、日記に書いたとおり、どうしても彼には我慢できなかったのでしょう」

「そういうことだったんですね」

本人がいないからたしかめようはないが、男性の説明で、賢治の言動のすべてが説明できる。

「ね、私の言ったとおりでしょ？　一見理解しがたい行為にも、ちゃんとした理由があるものだって」

　みひろの言葉に、うなずかざるを得なかった。賢治のことを思い出したことは何度かあったが、いつも賢治への憤りを覚えるだけで、彼がどんな気持ちでデートを切り上げたのか、考えたことは一度もなかった。意味わかんない、という言葉で切り捨てて、相手の立場を想像する姿勢に欠けていたことを痛感させられた。

「私、知らないうちに、賢治さんを傷つけていたんですね」

　綾が肩を落とすと、みひろは柔和な笑みを綾に向けた。

「でも、それと同じくらい、彼にとってはあなたの存在が励みにもなったはずよ。勉強とバイトで忙しいのに、綾ちゃんとはmixiでやりとりしたり、わざわざ会ったりしたってことは、綾ちゃんとの交流が彼の支えになっていたんじゃない？　綾ちゃんは無自覚のうちに賢治君を傷つけたけど、無自覚のうちに救ってもいたはず。必要以上に落ち込まなくてもいいと私は思う」

　綾を元気づけるように、言葉に力を込めた。

「どうしてるんだろうね、賢治君。立派な弁護士になっているといいけど」

　綾はためしにスマートフォンで賢治の名前を検索し、検索結果のトップに出てきた、弁護士の相談窓口検索サイトにアクセスした。賢治は現在都内の法律事務所で勤務しているらしく、プロフィール欄には「振り込め詐欺等、詐欺事件を多数扱った実績があります」とあった。

「賢治さん、夢がかなったんだ……」

胸が熱くなった。

法廷に立ち、弱い人を守るために懸命に声を張り上げる賢治の姿を脳裏に描いた。人の心の痛みがわかる、やさしくて優秀な弁護士として活躍しているに違いないと、綾は確信した。

ただ、まだわからないことがあった。

「みひろさん、一つ訊きたいんですけど」

綾は、カウンターの隅に目をやった。「この人、いったい何者なんですか?」

男性は、すでに綾たちから体をそむけ、背中を丸めてグラスに口をつけていた。さっきの理路整然とした口調で語る知的な雰囲気と、一人で日本酒を飲むわびしい姿は、まるで別人だった。

みひろは一言で答えた。

「ただの常連さんよ」

Now Playing

第二章

フライングゲット

0:51 3:23

バーのドアが開き、外から雨の音が聞こえてきた。グループ客が入店し、店はにぎやかになってきた。背後で店員が注文を取るのを聞きながら、綾はピザをつまんでいた。

「平成が終わるまで四時間を切ったね」

カウンターの向こうで、みひろが腕時計に目を落とした。「昭和天皇が亡くなって、新しい元号が発表されたのがつい最近のことのように思えるけど、あれからもう三十年も経ったのか。私、まだ二十一歳だったんだよ。今となってはそんな若い時期があったなんて信じられない」

「え、ということはみひろさんて今……」

「こら、年齢の計算はやめなさい」

みひろは笑いながら言った。「綾ちゃんは平成元年って何歳だった?」

「一九八九年ですよね。私は一九八七年生まれなので、まだ二歳です。当時はバブル真っ只中だったんでしたっけ?」

「そうね。世の中浮かれてた。長続きしなかったけどね。九〇年代にバブルが崩壊して、一九九五年に阪神大震災と地下鉄サリン事件が起こって、世の中悪い方向に向かってるって感じた。平成って、あらためて振り返ると暗い時代だったのかもしれない。景気はほとんど上向かなかったし、最近は東日本大震災もあったし」

「そうですね……」

テレビで見た津波の映像が蘇り、綾は下を向いた。

「あ、そうか、綾ちゃん岩手の出身だったね。ご実家は大丈夫だったの？」

「津波で流されたんです。幸い家族や友人で亡くなった人はいなかったんですけど、みんなしばらく避難所や仮設住宅で暮らしてました」

「大変だったのね。ごめんね、嫌なこと思い出させて」

「大丈夫です。もちろん当時はショックでしたけど、今はみんな元気に暮らしていますから」

「そう。ならよかった」

「あ、そうだ」

綾は顔を上げた。「実はその時期にも、男性との出会いがあったんです。この人が運命の相手だ、って信じ込むくらい好きになりました」

「へえ、運命の相手」

みひろが興味深そうに目を見開いた。

「だけど、結ばれるまであと少しというところで、急に相手が態度を変えて、私から離れていっちゃったんです。そうだ、その話も聞いてもらえませんか？」

綾はまずみひろと目を合わせた。それからカウンターの隅に顔を向け、背中を丸めている初老の男性に声をかけた。「あなたも」

男性はためらいがちに綾を見た。

「私ですか？」

「あなたなら、彼の心の変化を読み解けるかもしれない」

「さっきのは偶然気がついただけです。過度な期待はしないほうが……」

男性は戸惑いながら、半分白くなった頭を掻いた。

「このお客さん、いつも謙遜したり卑屈になったり、自分で自分をおとしめる癖があるの。だけど大丈夫。きっと彼なら心変わりの理由を見抜いてくれる」

みひろが大きな胸を張った。それから深刻な顔つきになって言う。

「だけど綾ちゃん、二〇一一年はほんとに散々な一年だったのね。ご家族が被災されただけじゃなくて、運命の相手と信じた男性にもふられてしまうなんて」

「いえ、今思えば、ふられてよかったのかもしれません」

綾は首を振った。「だって、私が好きになったのは、すでに奥さんのいる人だったたんですから」

平成二十三年、二〇一一年の夏。綾は二十四歳だった。

＊

六月九日、綾は昼過ぎに目を覚ました。頭は朦朧としていて、布団から抜け出すのも一苦労だった。台所に立つ気力も起きず、食事はカップラーメンで済ませた。それから敷きっぱなしの布団にふたたび横たわり、パジャマ姿のままテレビを眺めた。

前年に大学を卒業した綾は、外食チェーン店を手がける企業に就職した。二〇〇八年のリーマンショックに端を発した不景気の影響で採用を抑制する企業が多い中、必死でつかみ取った内定だった。入社する前の綾は燃えていた。自分を選んでくれた会社のために頑張ろう、と誓った。

決意は、日が経つにつれてしぼんでいった。

入社後、都内の店舗に配属されたが、想像していた以上に業務は過酷だった。毎日目が回るほど忙しく、残業や休日出勤は当たり前のようにあった。たまにある休日も、研修で課されたレポートの作成や、会社から勧められたボランティア活動への参加でつぶれ、プライベートの時間はおろか、睡眠時間さえまともにとれない日が続いた。

辞めたい、と何度も思った。一度だけエリアマネージャーに相談したが、思い出しただけで体がこわばるくらい怒鳴られた。

お前を一人前にするためにどれだけ俺たちが金と手間をかけてると思ってるんだ。戦力にならないうちに辞めるようなら、きっと会社はお前に損害賠償を請求することになる。それに、ちょっとつらいからといって困難から逃げるようなら、お前はこの先ずっと負け犬のまま人生を終える。本当にそれでいいのか？

そう問いつめられて、綾は辞意を撤回せざるをえなかった。

両親に相談することもできなかった。ただでさえ被災してつらい生活を強いられている両親に、これ以上心配の種を与えたくなかったからだ。友達に会って愚痴を吐き出したかったけど、会う時間を作ることすら難しかった。綾の休みは平日がほとんどで、友達となかなか予定が合わなかった。

だらだらとテレビを見ていると、あっという間に夜になった。せっかくの休みだからおいしいものでも食べようと思い、近所にある個人経営の料理店に入った。インターネット上での評価が高く、学生時代から行ってみたいと思っていたけど、値段が高くて入るのをためらっていた店だった。

客の数は少なく、節電のため店内は少し暗かった。カウンター席に座って料理とビールを注文すると、店員は「はあい」と笑顔もなく言い、厨房へゆっくり入っていった。

この店だったら私も気楽に働けそうだな、と思いながら、店の隅に置かれたテレビに目をやった。

『AKB48選抜総選挙』という番組が流れていた。事前にAKB48メンバーの人気投票を実施していて、この番組で結果が発表されるらしい。昼の情報番組は選挙の話題で持ちきりとなっていた。

就職してから、新しい音楽に触れる余裕がなくなり、はやりの曲に疎くなった。その間にスターへの階段を一気に駆け上がっていたのがAKB48だった。少し前まで秋葉原に通うようなマニア向けのアイドルだと思っていたのに、いつの間にか世間の話題を独占する存在に変貌していたようだ。

料理とビールを味わいながら、選挙の様子を眺めた。順位が発表されるたびにメンバーが壇上に立ち、喜びの涙を流しながら感謝の言葉や今後の抱負を語っていた。みな、投票してくれたファンのために頑張ります、と決意を口にしていた。

自分のすべてをさらけ出して戦っている彼女たちがまぶしく見えた。一生懸命頑張ったんだろうな、と思い、だけどそれは自分も同じだと気づいた。自分だって毎日必死に頑張ってる。それなのにどうして、彼女たちみたいに輝いていないのだろう。

理由はすぐにわかった。自分は頑張ってるんじゃない。空回りしているだけだ。毎日のように失敗して、みんなの足を引っ張っているのに、給料だけはちゃんともらって、一人前の社会人のような顔して高い料理を食べている。こんなことにお金を使うくらいなら、被災地に寄付するべきなんじゃないだろうか。

気分が落ち込んできた綾は、明日からの仕事のことを考え始めた。

あと少しで今日が終わり、ふたたび仕事まみれの毎日が訪れる。朝から夜まで体を酷使して店内を回り、店長の叱責やベテランパートからの蔑視やクレーマーからの攻撃に耐える日々が始まる。

嫌だ。行きたくない。逃げてしまいたい。

涙が出そうになるのをこらえていると、背後で横開きの扉が開く音がした。男性客が一人、カウンターに座った。その男性が目に入った瞬間、綾の絶望は吹き飛んでいた。

「内《うち》先生？」

大学生のときにお世話になった先生がそこにいた。

「……もしかして大谷さんか？」

綾がうなずくと、内は破顔した。

「久しぶりじゃないか！　今、一人か？　隣に座ってもかまわないか？」

綾は「もちろんです」と言って自ら椅子を引いた。内は座り、すぐにビールを注文した。

「君が私の講義を受けていたのは、たしか三年前か。今は何をしてるんだ？」

「外食チェーン店で働いてます。先生は仕事帰りですか？」

「ああ。会議が長引いてこんな時間になってしまった」

内がため息をつきながら右腕にはめた腕時計に目をやった。綾は逆の手の薬指に注目した。やはり、付け根には指輪がある。その左手が届いたジョッキをつかみ、綾と乾杯した。

「先生、変わらないですね」

「そんなことない。もう三十八だ。立派なおじさんだよ」

おじさんだなんてとんでもない、と綾は思った。

綾の目には、いまだに内は魅力的に見えた。スマートな体に、髭をはやした野性的な顔立ち。だけど威圧感はまったくなくて、講義のときも直接会話をするときも、いつも笑みを絶やさない。彼のほほえみは、当時と同様、綾をほっとさせてくれた。

「仕事はどうだ？　大変か？」

「そうですね。でも、何とか頑張ってます」

綾はそれしか言わなかった。過酷な日々に心をすりへらしていることを打ち明けたかったけど、一度話してしまうと泣いてしまいそうな気がした。久々に会ったばかりなのに、重い空気にしたくなかった。

ところが、先生は別の重い話題を持ちかけてきた。

「そうだ、大谷さん、たしか岩手の出身だと言ってたよな。震災は大丈夫だったのか？」

「実家は津波で流されちゃったんです。家族は避難所で暮らしています」

「それは大変だったな。君もさぞかしつらいだろう」

「津波の映像をテレビで見たときは泣いちゃいました。家族や友人は全員避難できたらしいので、それだけが救いです」

綾は頑張って笑顔を見せた。

「先生はどうですか。震災で、何か変化はありましたか」

「妻が相当参っているね。いつも心配そうにニュースを見ている」

「そうですか」

とだけ綾は答えた。内から妻の話は聞きたくなかった。代わりに、テレビを指さした。

「先生はＡＫＢ48に興味ありますか？」

内は恥ずかしそうに頭を掻いた。

「実は、選挙を見ながら食事をしようと思って寄ったんだ。この店、いつもこのチャンネルを流しているから、きっと見られるだろうと思ってね」

「へえ！　先生、アイドル好きだったんですね。意外です」

「アイドルなんてほとんど興味なかったんだけど、ＡＫＢはいい曲が多くて、最近よく聴いてるんだ」

「じゃあ投票したんですか」

「さすがにそこまではしてないよ」

昼に見た情報番組によると、CDの購入特典として投票券がついていて、CDを買った枚数分だけ投票できるという仕組みになっているらしい。

「好きな子を上位にするために、一人で何百枚も買うファンがいるらしいですね。いい大人がそんなお金の使い方をするなんてどうなんだろう、って思っちゃいました」

「本人が楽しいのならいいんじゃないか？」

先生はホッケの骨をはぎ取りながら言った。「彼らは自分で稼いだお金で買うんだ。その人が時間と労力を犠牲にして、嫌な思いにも耐えて、時には命を削る思いまでして、ようやく手にした給料だ。その人が、好きなアイドルのためにCDを大量に買って投票することで心から満足できたのならそれでいいと思うんだ。君と一緒だよ。働いたお金で、おいしいご飯を食べてお酒を飲む。自分が得たお金で何をしようと自由だろう？」

まるで綾の心境を見抜いているかのような口ぶりだった。

「自由、なんですかね？　私みたいな、仕事で失敗ばかりして何の役にも立ってない人が、こんな贅沢してもいいんですか？　それより被災地に寄付した方がいいのかな、ってさっきまで考えていたんです」

「君は自分を卑下しすぎだ。何の役にも立たない人なんていない。君もちゃんと、会社に貢献してるよ。それに、君がこの店に落としたお金が、ここで働く人や、この店に食材を提供している人たちの収入につながるんだ。被災地に寄付するのも大切だけど、稼いだお金を楽しいことに使う人がいることによって、生活が成り立っている人の存在を忘れちゃいけない」

話し終えた内が、空になった綾のグラスを見て、「何を飲む?」と尋ねてきた。

「じゃあウーロンハイにします」

内が店員を呼び、ウーロンハイを頼んだ。テレビでは、選挙で一位になったメンバーが「私のことは嫌いでも、AKBのことは嫌いにならないでください!」とさけんでいた。

「大谷さん、今日は私にごちそうさせてくれ」

「え、そんな! 悪いですよ」

「言っただろう、稼いだ金をどう使うかは自由だって。ごちそうしたいんだ。かつての教え子が社会に出て頑張ってることを知るのは、うれしいものなんだよ」

内がほほえんでいるのを見ていると、仕事への憂鬱が嘘みたいに消え、かわりにエネルギーが貯まっていく。

三年前の記憶が蘇ってきた。あの日も、内はおだやかな笑みを綾にくれたのだ。

平成二十年、二〇〇八年六月九日、内と再会したちょうど三年前のことだった。前日、秋葉原で通り魔事件があった。大通りの交差点にトラックが突っ込み、さらに運転手が路上に降りてきて通行人を次々と刃物で刺し、七人が死亡するという悲惨な事件だった。

昼休み、綾は一人で学食にいた。定食を買って四人掛けのテーブル席に座り、いつも一緒に昼食を食べる友人を待った。ところがその友人から、恋人とデートするから大学は休むというメールが届いた。四人掛けの席で一人で食べるのは恥ずかしいので席を移りたかったが、カウンター席はすでに埋まっていた。綾は広いテーブル席で、一人きりで食べることになってしまった。

休むなら早く教えてよ、と心の中で友人に文句をぶつけた。

友人が言うには、路上で肩がぶつかった相手に怒鳴られているときに助けてくれたのが、恋人との出会いのきっかけだったそうだ。友人は彼に一目惚れして、お礼をしたいと言って近くの喫茶店に誘い、連絡先を交換した。

「彼と目が合った瞬間、私が結ばれるべき相手はこの人以外ありえない、って思ったの。運命の相手ってほんとにいるんだねえ」

陶酔した表情で語る彼女を思い出し、「大学生にもなって運命なんて言って恥ずかしくないの？」とふたたび内心で毒づいた。早く食べ終えて学食を出よう、と思いご飯をかきこんでいると、不意に正面の席にスーツ姿の男性が腰掛けた。

「すいません、他の席が空いてないので、相席いいですか」

教員と思われる男性が尋ねてきた。「どうぞ」と言うと、男性は頭を下げ、秋葉原の事件の見出しが載った新聞を読みながら、うどんを口へ運んだ。

一人きりではなくなったので恥ずかしさは解消された。だけど、相手が新聞を読んでいるとはいえ見知らぬ人と会話なしで二人きりというのは気まずい。できるだけ早く食べ終わろうと思っていると、携帯電話が震えた。

母からだった。

「あのね、落ち着いて聞いて。おばあちゃん、今朝亡くなったの」

「嘘！　正月に会ったときはあんなに元気だったのに」

「実はその後、体を悪くして入院してたの。ごめんね、綾を心配させたくなかったから、ずっと黙ってた」

祖母の顔が頭に浮かび、胸がつまって母の話にあいづちを打てなくなった。こみあげてくる涙を必死に抑えている間、母が何度も呼びかけてきたけど、しばらく言葉を発することはできなかった。

葬儀の日程を確認し、翌日の新幹線で帰省することを告げてから電話を切った。ふたたびこみあげてくる涙を懸命にこらえた。こんなところで泣いてはいけない。泣くのは、家に帰ってからにしなければ。

「これ、どうぞ」

正面から声がして、同時に視界の左から青いハンカチが現れた。顔を上げると、スーツ姿の男性が、ハンカチを差し出しながら綾にほほえんでいた。

「場所を変えて、思い切り泣きなさい。あなたが泣くことが、何よりの供養になる」

その言葉がきっかけとなって、我慢していた涙がこぼれ始めた。綾はハンカチを受け取り、うつむきながら早足で学食を出た。人気《ひとけ》のない場所を見つけ、ハンカチに両目を当てて思い切り泣いた。

気持ちを落ちつけてから学食に戻ると、ハンカチを貸してくれた男性はもういなかった。

「綾ちゃん、久しぶり」

肩をたたかれて振り返ると、前年の語学の授業で一緒だった子が食べ終えた食器を持って立っていた。

「どうしたの、目赤くない？」

「目がかゆいんだよね。結膜炎かな？」

綾はあわててごまかした。

「ところでさっき、内先生と一緒にお昼食べてなかった？」

「内先生？　あの先生のこと知ってるの？」

「私、内先生のゼミなんだ」

「たまたま相席してただけで、顔も名前も知らなかったんだ。席を外してる間にいなくなったみたいだけど、その内先生という人はどこに行ったかわかる？」

借りたハンカチを握りしめながら尋ねた。

「三限の講義があるから、さっさとお昼済ませて、研究室に帰って準備してるんじゃない？」

三限は空き時間だった。綾は内が担当している講義を調べ、潜り込むことにした。ハンカチを差し出したときの、見る者に安心感を抱かせるようなおだやかなほほえみが、頭から消えなかった。あのほほえみの持ち主にもう一度会わなければいけないという直感を抱いていた。さっきまでバカにしていた「運命の相手」という言葉を思い出しながら、最前列の席で内を待った。

近代文学論の講義に、内は時間どおりに姿を見せた。

「こんにちは。今日は、太宰治を取り上げたいと思います」

内は、ハンカチを差し出したときのようなおだやかな笑みをふりまきながら話し始めた。九十分の講義中、内はつねに笑みを絶やすことなく、学生たちに語りかけるような口調で太宰治の作品について語った。履修している講義でもないのに、綾は食い入るように内を見つめながら話を聞き、詳細なノートを取った。講義の影響で文学作品を読もうと思ったことなどこれまでなかったのに、帰りに本屋で太宰治の本を買おうと決めていた。

講義終了後、内の元へ向かった。

「履修はしていないんですけど、先生の講義、これから聞きに来てもいいですか？」

内は、綾が驚くほど喜んだ。

「もちろんだ！　君のような熱心な学生は初めてだ」

目の前で笑顔になる内の姿に、ハンカチを差し出したときに見せた笑みの記憶が重なった。

内は、綾と学食で同席したことを覚えていないようだった。綾はハンカチを返すのをやめた。内が覚えていないのなら、彼の私物をこっそり自分のものにしよう、と思った。

その後も毎週講義を受けた。学生の目など意識していないような退屈な講義が多い中、内の講義は聞いていて飽きることがなかった。学生に語りかけるような口調でわかりやすく話し、ときおりジョークを交えて笑わせてくれる。他の先生たちとはまるで違う、と綾は思った。左手で板書するのを見ながら、左利きであるというところも他の先生とはひと味違うな、などとおかしなことを考えていた。

講義が終わると、必ず質問しに行った。研究室に遊びに行くこともあった。内との話題を作るため、講義で紹介された小説を読むようにもなった。

内との距離を縮めたい、と願っていたものの、さすがに教師と学生という間柄では、関係を進展させることにためらいがあった。内と結ばれることを願い続けていたけど、そのための行動を起こせずに悩む日々が続いた。

ぐずぐずしていたのがよくなかった、と綾は後悔することになる。

年明け、テスト前最後の講義を終え、いつものように内のところへ行くと、内の左手に指輪がはめられていた。

「おめでとうございます」

綾が言うと、内はいつもの笑みで「ありがとう」と応じた。かつて綾を救ってくれた笑みに、今度は打ちのめされた。

それ以降、内と顔を合わせることはなくなった。もう二度と会うことはないと思っていた。

だからこそ、再会に運命を感じた。内に恋した日からちょうど三年後という偶然にも、大きな意味があるような気がしてならなかった。

次に内と会ったのは七月だった。

前回再会したとき、連絡先を交換した。その際、「仕事の悩みを聞いてくれる人がいないので、また会って話を聞いてもらえないか」とお願いしてみた。妻帯者と二人きりで会おうとしていることに罪悪感を抱きはしたが、頼まずにいられなかった。案の定、内はしばらく考え込んでいたが、最終的にはうなずいた。

綾の自宅から電車で二駅離れたところにあるレストランの個室で飲むことになった。夏になり、節電の重要性がさらに声高に叫ばれるようになったためだろう、店内はさほど涼しくなく、スーツ姿の内は額から流れる汗を何度も手で拭っていた。

「就職してからも、本は読んでいるのか」

乾杯をしてから、内は尋ねてきた。

「読んでないんですよね。読書に割ける時間が全然取れないんです」

内の講義に参加するのをやめてから、読書はほとんどしていない。だけど、時間がないというのだけは本当だった。

「仕事、そんなに忙しいのか」

内が心配そうに尋ねてきたことをきっかけに、綾は自身の苦境を話し始めた。休みがほとんどないこと、上司から怒られてばかりで心が折れそうなこと、仕事で起こったすべての嫌なことを打ち明けた。

内は、料理にも飲み物にも手をつけず、綾の話を聞き続けた。

「そんなに苦しい毎日だったのか。君の話を聞いていると、学生の前で話をするだけの私の仕事がとてつもなく楽なものに思えてくる」

「そんなことないですよ。先生が講義のために入念な準備をしていたの、よく知ってます」

「だけど、君ほど心をすり減らしてはいない」

内の顔つきが厳しくなった。「私は、君の会社のやり方は悪質だと思う。過酷な労働を強制して、辞めたいと言い出したら恫喝して引き止める。会社にとって都合のいい駒になるように洗脳しているようにしか見えない。心が壊れる前に、君は会社を辞めるべきだ。会社を辞めるのは決して恥ずかしいことじゃない。最初に入った会社が自分に合う職場とは限らないのだから。もっと君が楽しく働ける会社を探した方がいいと思う」

「考えてみます」

「それから、もうひとつだけ言わせてくれ」

内が綾の目を見てほほえんだ。「就職して一年三カ月、よく頑張った。きつい仕事に加えて、故郷が震災に遭って苦しかっただろうに、よく今日まで闘ってこれたな」

「ありがとうございます」

内の姿が、涙に邪魔されて見えなくなった。ハンカチで涙を拭いながら、綾は言った。

「先生のおかげで、明日からまた頑張れそうです」

「おかしいな。私は辞めろって言ったはずなんだが」

内は苦笑いを浮かべながら、ほとんど手をつけずにいたワインを口に含んだ。

「すみません、せっかく料理とお酒があるのに、何も食べずに話を聞いてもらって。たくさん食べましょう」

綾は涙を拭き、ローストビーフに箸を伸ばした。舌に載せ、柔らかい肉の感触を存分に味わった。

「たくさん食べてくれ」

「私だけじゃなくて、先生も食べてください。めちゃくちゃおいしいですよ」

「私は少しでいいよ。最近、あまり食欲がないんだ」

「もしかして、体調悪いんですか？」

内の目の下にはクマができていた。それだけではなく、前回会ったときに比べて頬がこけているように見えた。

「最近、研究に熱を入れすぎたせいで寝不足なんだ」

「私が言うのもおかしいですけど、働きすぎはよくないですよ。奥さんも心配してるんじゃないですか？」

次の瞬間、内は顔をしかめた。意外な表情の変化に目を見張ると、内はごまかすような笑みを浮かべて「そうだな。頑張りすぎるなと言われてる」と答えた。

「サッカーのワールドカップも見たいんだけどな。なでしこジャパン、とうとう決勝戦まで進んだらしいじゃないか。決勝戦くらいは研究休んでゆっくり見たいな。そうだ、そろそろテレビが地デジに完全移行するらしいけど、君はもうテレビを買い換えたか？」

唐突に内が話を変えた。妻の話になったときに見せた表情の変化を取り繕っているように、綾の目には映った。

その一カ月後、三度目に同じ店の個室で会ったとき、内はさらにひどいことになっていた。顔がやつれているのは相変わらずだが、それだけではなく、体全体が縮んでしまったように見えた。

「かなり痩せてしまった。もともと夏には弱いんだ」

内の笑みは弱々しかった。

前回と同様、内は綾の仕事について尋ねてきた。話したいことはたくさんあったけど、やつれきった内に愚痴を言うのがためらわれ、綾は「最近は順調です」と嘘をついた。内は、ワインこそ飲むものの、食べ物にはほとんど手をつけなかった。

内がトイレから戻ってきたタイミングで、綾は切り出した。

「先生、元気ないですけど、大丈夫ですか？」

「さっきも言ったとおり夏バテしてるだけだ。秋になれば元に戻る」

内は濡れた手をおしぼりで拭きながら答えた。

「それだけだとは思えません。先生の様子、明らかにおかしいです」

「前にも言っただろう。研究に熱を入れすぎて疲れてるんだ」

「奥さんとの間に、何かあったんじゃないですか？」

思い切って訊くと、内は目を伏せて黙り込んだ。

「ぶしつけなことを訊いてすみません。この間、私が奥さんのことを尋ねたら急に表情が険しくなったから、ご夫婦の間で何かあったんじゃないかな、って思ってたんです」

内は沈痛な面持ちのまま、何も答えなかった。その反応が、綾の推測が正しいことを証明していた。

「私でよかったら、話してくれませんか？　前回、仕事の相談に乗ってくださったおかげで、私は元気になれました。先生も、何があったのかを話せば、多少気が楽になるかもしれません。もちろん、明かせないこともあるでしょうから、無理にとは言わないですけど……」

内はワインを一気に飲み干し、濡れた口元を拭った。

「こんなこと、本来なら教え子にする話じゃないんだけどな」

憔悴した顔を綾に見せた。「震災以降、妻は変わってしまった」

「もしかして奥さんも、東北の出身なんですか?」

「いや。妻に影響を与えたのは原発事故だ」

内は話し始めた。

内の妻は、放射能汚染に怯えるようになっていた。

原発事故が発生してから、内の妻は、東京も危ないから西日本に逃げよう、と内に訴えた。内は、東京にまで悪影響があるとは思えないと言って反対した。命がどうなってもいいのかと訴える妻に、内が冷静になれとなだめると、妻は自分の意見と合わないから冷静じゃないと決めつけるのは傲慢だと責めてきた。毎日のように激しい言い争いが続いた。

結局西日本への移住はなくなったが、夫婦仲は険悪になった。

内の妻は、東北や関東で採れた作物は一切口にしなくなり、外食のときも、どこで採れた作物なのかを執拗に問いただすようになった。さらに、放射線量計測器を買い、自宅周辺の放射線量を測るようになった。時には他人の家の庭や学校を勝手に測定し始め、苦情を受けることもあったという。そのたびに内は相手先に謝りに行っていたそうだ。

家にいる間はテレビやインターネットで原発の情報を集めることに時間を費やし、家事がどんどんおろそかになっていった。八月になると、パートを辞め、電力会社や政府の責任を追及するための活動に加わった。内が苦言を呈すると、妻は世の中の不正をただす活動を邪魔するなんて考えられない、日本の将来より自分の生活のほうが大事なのかと激高した。

「みっともない話をしてしまって申し訳ない。こんな夫婦の問題、明かされても困るよな。どうやら相当酔いが回っているみたいだ」

「酔ってるからじゃなくて、それだけ参ってるんですよ。先生、私の意見を率直に言わせてもらっていいですか」

内はうなずいた。

「先生の奥さん、どうかしてます。原発のことで心配になるのはわかりますけど、奥さんの言動は常軌を逸しています」

「そうだよな。妻と話していると、ときどき、危機感の足りない私の方が間違っているんだろうかと不安になることがあるんだ」

内は弱々しい笑みを浮かべた。

「どうすればいいんだろうな、私は。今は世の中全体が混乱しているから、時間が経てば妻も落ち着きを取り戻してくれるかもしれない。だけど、豹変した姿を見ていると、妻への愛情がどんどん消えていくんだ。このまま結婚生活を続けていくのが正解なのかどうか、わからなくなってきた」

「別れるかもしれない、ってことですか」

綾が訊くと、内は深いため息をついた。

「妻とは結婚すべきではなかったのかもしれない」

低い声で内は言った。「この際だから打ち明けるが、妻とは妊娠がきっかけで結婚したんだ。交際を始めて二年、お互い倦怠期に入っていた時期だった。妊娠がなかったら別れていてもおかしくなかった。だけど結局、子どもは産まれなかった。結婚を決めたあとに流産してしまったんだ」

「そうだったんですか……」

「出産を前提とした結婚だったんだから、流産したときに結婚を取りやめるべきだったのかもしれない。私たちは、決してお互いを強く求め合ったがゆえの結婚ではなかった。自分が心から求める人、自分を心から求めてくれる人と結婚するべきだった。だけど、一度は将来をともにする決意をした相手だ。別れるという決断も簡単にはできない」

その言葉は、意識して発したわけではなかった。胸が締めつけられて居場所をなくした結果、突如喉から飛び出してきたかのように、綾の口を突いて出た。

「私じゃダメですか？」

内は首をかしげた。言葉の意味がわかっていないようだった。

綾は覚悟を決めた。ここまで来たら、もう言うしかない。

「先生を心から求める人は、ここにいます」

胸に手を当て、震える声で言うと、内の目が大きくなった。

「ま、まさか、君が……」

「初めて会ったときからずっと好きでした」

内はグラスをつかんだまま呆然としていた。

「先生は私のことをどう思っていますか」

「どうって……学生時代は勉強熱心だったし、今は社会の厳しさに立ち向かっている一生懸命なところがすばらしいと」

「そんなことを聞きたいんじゃないんです。私を女性として見ることはできませんか」

「それは」とだけ言って、内はしばらく沈黙した。視線が左右に揺れるのを、綾はじっと見つめていた。

やがて、内は首を横に振った。

「君は魅力的な女性だと思う。だけど、妻を裏切るわけにはいかない」

「わかりました」

綾は小さな声で答えた。沈んでいく心に向けて、落ち込むな、と発破をかけた。簡単に自分の望む返事が来るはずがない。それに、内の態度を見ていると、妻と綾との間で揺れている印象があった。自分にもまだ可能性はある。

それからはほとんど話が弾まず、早々に店を出た。

「みっともない姿を見せてしまって申し訳ない。あんな話、教え子にするべきではなかった」

別れ際、内は頭を下げた。

「そんなことありません。先生のことをよく知ることができてうれしかったです」

そして、内を見つめて言った。「先生のこと諦めていませんからね」


九月の初め、ハンバーガー店で真希子と会った。

真希子は大学卒業後、商社で経理の仕事に就いていた。学生時代、真希子と同居していた真太郎は、震災がきっかけで故郷に帰り、ボランティア活動に精を出していた。ハンバーガーを食べながら、真希子が夏休みに帰省した際の話を聞いた。それが終わってから、綾は内とのことを話した。

「バカじゃないの？」

真希子は相変わらず辛辣だった。「不倫なんてやめときな。絶対ろくなことにならないよ」

「決めつけないでよ」

「常識的に考えて、奥さんのいる男の人とつきあっていいわけないでしょ」

「先生には離婚してもらう」

「あんたねえ」

と言ったきり、真希子は言葉を失った。

「だって、先生の奥さん、やばいと思わない？　あんな人と一緒にいたら、先生までおかしくなっちゃう」

「そういう問題じゃないでしょ。あんたは他人の旦那を奪おうとしてるんだよ。どれだけ重大なことかわかってる？　先生と奥さんだけじゃなくて、その周囲の人たちも傷つけることになるんだよ。その覚悟はあるの？」

「ある」

「即答するのは嘘っぽい。勢いだけで答えたでしょ」

綾は思わず苦笑いを浮かべた。真希子の指摘は図星だった。

「もっと慎重に考えな。明らかにあんたは冷静さを失ってる。私の知ってる綾は、もっと分別をわきまえた人だったよ」

真希子はつまんだポテトの先端を綾に向け、厳しい口調で言った。

綾は腕を組んだ。

いくら好きな相手とはいえ、夫婦仲がいいのであれば既婚者とつきあおうなんて非常識なまねはしない。だけど、内の家庭はすでに壊れかけている。客観的に考えて、離婚した方が彼のためだ。

二人の間にできた沈黙を埋めるように、店内では有線の曲が流れていた。先月発売された、AKB48の『フライングゲット』という曲だった。内と一緒に見た総選挙で、上位に入ったメンバーだけで歌っている曲らしい。

「AKBって、被災地によく来てくれるらしいね。ありがたいね」

真希子が言った。

「そうだね」

綾はアイスコーヒーを飲みながら、おざなりに返事をした。綾はどうしても、この曲が好きになれなかった。歌詞を聴いていると、反発心が湧き上がってくるのだ。

この曲では、好きになった相手を誰よりも早く自分のものにしようとする男性の思いが歌われている。だけど、ライバルに先んじて手に入れるのが、そんなに偉いことなのだろうか。あとから出会った人の方が、本当に幸せになれる相手なのかもしれないのに、どうして奪ってはいけないのか。

そもそもフライングは反則じゃないか。

先生は、最初に入った会社が自分に合う職場とは限らない、と言っていた。恋愛や結婚だってきっと同じだ。重要なのは早さでも順番でもない。先生の言うとおり、お互いが相手を心から求めているかどうかが、一番大事なんじゃないのか。

私は、先生を心から求めている。少なくとも、先生の奥さんなんかよりはるかに強く。

私には先生を奪う権利がある。そのためなら、どんな障害も乗り越えてみせる。

「やっぱり私、先生を諦めるつもりはない」

曲が終わってから、綾は言った。

「わかった。覚悟を決めたのなら、私はもう何も言わない」

真希子はアイスティーを置き、小さくうなずいた。「その代わり、応援もしないけどね。大学生のときみたいに協力もできないから」

「いや、あのときはむしろ足を引っ張られたんだけど……」

綾が指摘すると、真希子はきょとんとした顔で「そうだっけ？」と答えた。

「先生とはまた会う予定なの？」

「来週会うよ。そこであらためて、自分の気持ちを伝える」

綾の想いを知りながら、内は会うことを了承してくれた。受け入れるつもりがあるのかもしれない。

決意は固まった。


駅前の小さなバーで内と会った。内は相変わらず顔色がすぐれない。事態が改善していないのは明らかだった。

会話は弾まなかった。綾は仕事の愚痴をこぼしたが、口調に熱はこもっていなかったし、内も聞いてはいるがどこか上の空といった様子だった。

それでもかまわない。内と会った本当の目的は、このあとに控えているのだ。

「お店、出ませんか？」

いつもより早い時間に店を出た。少しあたりをぶらつきたい、と内に言って、近くを散歩した。ゆっくり歩く二人を、スーツ姿の男性が追い抜いていった。

進路の先に、小さな公園があった。人の姿はない。綾は「ちょっと休みませんか」と言って、公園のベンチに誘導した。

ここで、自分の気持ちをすべて伝えるつもりだった。もし、内が受け入れてくれたら、近くのラブホテルに直行するという選択肢も念頭に置いていた。そのための準備もしてきた。

ベンチに座った。背後から、涼しい風が通り抜けていく。外灯が、内の横顔を白く照らしていた。

深呼吸して、内を呼んだ。

「先生、これ、覚えていますか」

綾がバッグから取り出した青いハンカチを、内は眉をひそめながら受け取った。

「初めて会ったとき、先生からお借りしたハンカチです。ずっと返さなくてすいませんでした」

「初めて会ったとき？　申し訳ないが、よく覚えていないな」

「大学三年生のとき、学食で相席になったんです。先生は、新聞を読みながらうどんを食べていました。ちょうど、秋葉原の通り魔事件のあった翌日で、先生は事件の記事が載った新聞を熱心に読んでいました」

「ああ、あの事件か。前日に、パソコンを買いに秋葉原に行っていたんだ。だからあの事件はショックだった。その日の昼に学食で新聞を読んでいたのも何となく覚えてる。たしかに、面識のない学生と同じテーブルで食べていたかもしれない。それが君だったのか」

「そのあとのこと、覚えていますか？」

内は顎に手を当てて考えた。だが、思い出す気配はなかった。

「ご飯を食べている最中に実家から電話がかかってきて、祖母が亡くなったと告げられたんです。うつむいて涙をこらえる私に、先生は、泣くことが供養になるから思い切り泣きなさい、と言って、このハンカチを貸してくれたんです」

内は綾とハンカチを交互に見ていた。

「私はすぐ人気のないところへ行って思い切り泣きました。学食に戻ってきたときには、先生はもういなくなっていました。先生が三限の講義を担当していると友達から聞いて、その日から先生の講義を受けるようになったんです。先生を見るたびに、このハンカチを貸してくれたときの笑顔を思い出しました。ハンカチを貸してくれた瞬間から、私は先生のことが好きになっていたんです。先生の私物を持っていたくて、ハンカチはわざと返さずにいたんです。すいません」

内はハンカチに目を落としながら聞いていた。

「だから先生が結婚したと知ったときはショックでした。私がいくら先生を好きでも、結婚している人にアプローチをかけてはいけないと思って、引き下がらざるをえませんでした。だけど、今年先生と再会できた。運命だと思いました。月並みな言葉ですけど、私は本気で先生を運命の人だと思っています。私は、先生を心から求めています。出会ったときからずっとです。先生も、私を求めてほしい、そう願っています」

用意していたすべての言葉を、綾は伝えた。

外灯に照らされた内の顔をじっと見つめた。内は真剣な顔をしたまま動かない。綾はスカートの裾を握りしめた。緊張で頭がおかしくなりそうだった。心臓が爆発するのではないかと心配になるくらい、激しく動いていた。

内はハンカチに目を落とし、顔を上げて綾を見た。そして、ハンカチを綾に差し出した。

「これは君が持っていてほしい」

意図がわからず、綾はハンカチと内を見比べた。

「私は君の運命の人ではない」

「そんな……」

目の前の内が、急に遠ざかっていく気がした。

「申し訳ないが、やはり私は、妻を裏切るわけにはいかない」

言葉を発せずにいる綾の手のひらにハンカチを置き、内は「失礼するよ」と言って公園から去った。さっきまで涼しいと感じていたはずの風が、やけに冷たく感じた。

心の支えを失った綾は、周囲の非難を無視して年末を区切りに退職した。

翌年、過労自殺した居酒屋の社員が労災を認められたことがきっかけで、過重労働を強制する企業を指す「ブラック企業」という言葉が世間に浸透していった。綾の会社も、インターネット上でブラック企業だと名指しされていた。会社のためにすべてを犠牲にして働け、という社内では当然のものとして共有されていた価値観が、世間から見れば異常だということを知った。退職は間違いではない、そう思えたことが、ささやかな救いだった。

＊

「自信あったんですけどね」

ボトルが並んだ棚のあたりに視線をやりながら、綾は言った。「告白した私に会ってくれたんだから、私を選ぶつもりなんだと思ったんだけどなあ。断るんだったら、最初から会おうとしなきゃいいのに。意味わかんない」

「出ました、綾ちゃんお得意のフレーズ！」

みひろがグラスを拭きながら言った。「内先生は、会うのを約束した時点では、まだ綾ちゃんを受け入れるかどうか迷っていたのかもしれないね」

「そうなんですかね。じゃあ私の告白のしかたに問題があったのかなあ」

何気なく綾が言った次の瞬間、右から声が飛んできた。

「そのとおりです」

カウンターの隅から声がした。横を見ると、男性が猫背の上半身を綾に向けていた。

「先生が何を考えていたかわかったんですか」

綾が身を乗り出して尋ねると、男性はうなずいた。

「内先生は、告白の内容を聞いて、あなたとはつきあえないと考えたのだと思います」

「五割の学生が、変化に気づきませんでした。入れ替わった相手は、服装も体格も声もまるで似ていなかったにもかかわらずです。数年後、大学でこの実験を学生に紹介したところ、『入れ替わったことに気づかないなんてありえない』と発言する学生たちがいました。その学生たちに声をかけ、別の実験に参加してもらいました。学生たちは案内された部屋で、書類を書くためにカウンターに座ります。向かいに立っている実験者は書類を取り出すためにカウンターの下にしゃがむのですが、次の瞬間、あらかじめ潜んでいた別の人間が書類を持って立ち上がります。学生たちは、入れ替わりに気づかないはずがないと豪語していたにもかかわらず、誰も変化に気づけませんでした」

男性が口を閉じた。

「あの、話はわかりました。で、結局何が言いたいんですか」

問いただすと、男性は悲しそうな顔で綾を見た。

「あなたは、学食で内先生と同席します。食事の途中、ご実家からの電話で、おばあさんが亡くなったことを知りました。あなたがうつむいて涙をこらえていると、視界の左からハンカチが現れます。顔を上げると、内先生がほほえんでいて、やさしい言葉をかけてくれました。このような流れでしたね」

「そうですけど……」

戸惑う綾に対し、男性はとんでもないことを言い放った。

「あなたにハンカチをわたしたのは、内先生ではありません。あなたの電話中に内先生は食事を終えて立ち去り、そのあとに別の男性が座ったのでしょう。その人がハンカチの持ち主です」

「そんなはずありません！　別の人に変わってたら絶対に気づくはずです。だって、私の目の前にいたんですよ！」

男性は申し訳なさそうに口を開いた。

「目の前にいた相手が入れ替わっていることに気づかない。私たち人間の記憶や認識というものは、それほどあやふやなものなのです」

「そんなはずありません。あれは内先生でした」

「自分だけは間違えない、と誰もが思い込むものです。先ほどの話を思い出してください。道案内を頼んできた男性が入れ替わった実験の話を聞いて『気づかないなんてありえない』と言っていた学生たちも、いざ自分が実験の当事者になると、カウンターの向こうで人が入れ替わったことに気づかなかった。今のあなたも、その学生たちと一緒です」

男性に指摘され、言葉に詰まる。それでも綾は必死に反論の言葉を探した。

「でも、私、先生の笑顔を見るたびに、ハンカチを差し出しながら笑いかけてくれたときの様子が蘇ってきたんです。実際の先生と、私の記憶は、間違いなく同じ人でした」

「記憶の改竄《かいざん》が行われたのでしょう。内先生の講義に参加して、直接会話をするようになってから、あなたの記憶にある男性の顔が、内先生のものに書き換えられたのです」

言葉を失う綾に向けて、男性は話を続ける。

「公園のベンチであなたが内先生への想いを語ったとき、内先生はあなたの勘違いに気づいたのでしょう。あなたにハンカチをわたしてやさしい言葉をかけたのは別人で、あなたはその別人の言動に恋をした。内先生は、自分を心から求めてくれる存在を欲していました。これは真実の愛ではない、彼はそう判断したのでしょう」

「嘘です。そんなはずありません。あれは絶対に内先生でした。見間違えるはずがありません」

むきになって言う綾を前にして、男性は沈痛の面持ちで首を振った。

「認めたくないお気持ちはよくわかります。しかし、残念なことに、入れ替わっていたという証拠があるのです」

「証拠……?」

「ハンカチです」

男性は静かに答えた。「男性は、女性と違ってふだんハンカチを持ち歩かない人が少なくありませんが、内先生もその一人ではないかと思うのです。あなたが就職してから内先生と二度目に会った際、彼は汗を拭くときにハンカチを使わず、手で拭っていました。また、三度目に会った際には、トイレから帰ってくると、濡れた手をおしぼりで拭いています。ハンカチを持っているのなら、そんなことをする必要はありません」

「それは……そうだ、結婚してからはいつも奥さんにハンカチを用意してもらっていたけど、奥さんが先生の世話をしなくなったから持たなくなったんですよ」

「もうひとつ証拠があります」

綾の反論を、男性はあっさり遮った。「あらためて確認しますが、内先生は左利きですよね？」

左手で板書する姿や、右腕に装着した腕時計、左手でジョッキをつかんで綾と乾杯したことなどを思い返しながら、綾はうなずいた。

「あなたがうつむいて涙をこらえている最中、正面に座っていた男性がハンカチを差し出しました。その際、ハンカチが差し出されたのは視界の左側からだったんですよね。相手の人は右手でハンカチをわたそうとした、ということになりませんか。つまり、この男性は右利きですから、内先生ではありえないということになります」

もう無理だ、と綾は思った。言い返したいのに、言葉は何一つ出てこない。男性の言葉が真実であることを、認めないわけにはいかなかった。

「あの人が、先生じゃなかったなんて」

「綾ちゃん、何か飲む？」

みひろがいたわるような口調で訊いてきた。

「何でもいいからきついお酒ください」

差し出されたウォッカを飲みながら、綾はみひろを見上げた。

「私はいったい誰を好きになったんでしょうね。先生を見ているだけでドキドキしていたはずなのに、そのきっかけとなった出来事の相手はまったく別の人間だったなんて」

バカみたいですね、私。乾いた笑い声を上げる綾に向かって、みひろは強い口調で
「綾ちゃん、よく聞いて」と言った。

「綾ちゃんが好きになったのは内先生であって、他の誰でもない。きっかけとなった出来事の相手は別人だったみたいだけど、その後、綾ちゃんが先生を見てドキドキしたり、仕事の悩みを相談して勇気づけられたりした、その感情の変化は間違いなく真実なんでしょう？　だったら答えは内先生以外ありえないじゃない。きっかけなんてどうだっていいの」

「そういうことになりますか？」

「なるのよ。内先生もバカだよね。もし二人がつきあったら、綾ちゃんの勘違いなんてただの笑い話になってたのに。好きになったきっかけが自分じゃなかったからって、綾ちゃんを拒絶することなんてなかったのよ。まあ、嘘偽りの一切ない愛情を求めるくらい、その時期の内先生は追いつめられていたのかもね。いずれにしろ、しょせん終わっ

た恋の話だからね。気にしないことよ」

みひろに笑い飛ばしてもらったおかげで、綾の混乱も収まってきた。

「そうですね。そう思うことにします。内先生が私をふった理由がわかって、すっきりしました。話してよかったです」

「ならよかった」

みひろは大きくうなずいた。「それから、もう一つ言えるのは、『運命の相手』なんて錯覚以外の何物でもないってこと」

みひろは綾の左に目を向けた。

「ね、センセイ?」

男性は慌てて目をそむけた。

「え、ちょっとちょっと、何ですか今の怪しいやりとりは?」

綾はみひろと男性を交互に見る。しかしみひろは綾を無視して他の客にカクテルを作り始め、男性は綾に背中を向けて日本酒を喉に流し込んでいた。

Now Playing

第三章

天体観測

0:97 2:50

「いらっしゃいませ……あら、綾ちゃん、久しぶり！」

一カ月ぶりに訪れた綾を、みひろは満面の笑みで迎えた。「また誰かにふられたの？」

「違いますよ！　せっかくの休みなのに予定がなかったから、日曜の夜くらい外に出ようと思って来たんです」

綾はいつもどおりカウンターの中央に座り、生ビールを注文した。

早い時刻に訪れたので、客は少なかった。テーブル席は一席だけ埋まっていて、カウンターも綾の他には一人しかいない。静かな店内に流れるクラシック音楽が、他の誰よりも存在を主張していた。

綾はカウンターの隅に座っている客に目を向けた。前回と同様、薄手のジャンパーを着て、髪の半分以上が白くなった男性が、背中を丸めてウイスキーを飲んでいた。

「こんばんは」

「ど、どうも」

男性は綾と目を合わせず、伏し目がちのまま頭を下げた。

「いいですか、少しお話ししても」

ビールを一口飲んでから、綾は男性に訊いた。

「何でしょう」

男性は警戒した様子で、顔だけを綾に向けた。

「あなた、何者なんですか？」

「何者、とはどういうことでしょう」

「この間、私が過去に関わった男性の心理を見事に言い当てたじゃないですか。ただ者じゃない、ってずっと思ってたんです」

「仕事柄、人間の心の動きに少し詳しいだけです」

「仕事柄？　何の仕事をされてるんですか？」

「たいした仕事ではありません。大学に勤めているというだけです」

「心理学の教授なんですって。こう見えて偉いのよ、このお客さん」

カウンターの向こうで作業しながらみひろが口を挟んできた。

「偉いなんてとんでもありません」

男性が居心地悪そうに肩をすくめた。

「もしかしてU大学の先生ですか？　私、U大学の出身なんです」

このあたりの大学といえば、南口から歩いて十分のところにあるU大学しかない。

「いえ、U大学ではありません」

「そうでしたか。もうひとつ質問させてほしいんですけど、みひろさんとはどういう関係なんですか?」

途端に男性の顔が引きつった。

「別に、どうということはありません。私はただの客です」

「大学の先輩だったの」

みひろがタオルで手を拭きながら言った。「半年くらい前かな、たまたま彼がこの店に来て、二十年ぶりに再会したの。それからよく顔を見せてくれるようになった」

「みひろさんはそう言ってますけど」

綾が問いつめると、男性は情けない顔で「そのとおりです」と答えた。

「どうして嘘をついたんですか?」

「それは、その、どうもすみません」

男性は頭を下げ、そのまま黙り込んでしまった。代わりにみひろを見るが、彼女も笑みをたたえたまま口を開こうとしない。綾が疑念を抱いているのを面白がっているように見えた。

「怪しいなあ」

二人を見比べながら、顎に手を当てて言う。

「綾ちゃんの考えすぎよ。昔の知り合いってだけ。彼は昔から挙動不審なところがあったからね、怪しく見えるだけなの」

素直に信じることはできなかった。問いつめようとしたが、みひろが先に口を開いた。

「ところで、元号が変わって一ヵ月経ったけど、何かいいことあった？」

「別に何もないですね。会社と家を往復するだけの毎日です」

話をそらしたな、と思いながらも綾は答えた。「世の中も何も変わらないですね。相変わらず悪いニュースばかり。つい最近も通り魔殺人があったし」

数日前の早朝、川崎市で刃物を持った男がスクールバスを待つ小学生と保護者の男性を殺害するという事件があったばかりだ。

「時代が変わっても、理不尽な事件はなくならないね。綾ちゃんがこの間話した、秋葉原の通り魔事件を連想しちゃった。他にも、二十年くらい前だっけ、大阪の小学校に刃物を持った男が乗り込んで子どもを次々と殺していく事件のことも思い出した」

「ありましたね、そんな事件。私、そのとき中学二年生でした」

「よく覚えてるね」

「当時、同級生とメールでその事件の話をした記憶があるんです」

「その同級生って、もしかして男の子？」

みひろが好奇心を露《あら》わにした顔で尋ねてきた。鋭い質問に綾は一瞬言葉を失い、

「……どうしてわかったんですか」と訊いた。

「友達と言わずに同級生と言ったのが引っかかったんだよね。で、どうなの？　その子との間にも何かあったんじゃないの？」

「みひろさんのご期待に応えてあげましょう」

綾は苦笑しながら言った。「お互い意識はしてたと思います。つきあうところまではいかなかったですけど」

「その子にまつわる謎はないの？　きっとまたこのセンセイが解決してくれるよ？」

男性はあわてて首を振り、「安易に期待されても困ります」と泣きそうな顔で言った。

「賢治さんや内先生みたいなことはなかったですけど……あ、でも、彼のことで、ひとつだけ気になることがあるんです。恋愛とは直接関係ないんですけど、聞いてもらってもいいですか」

みひろは力強くうなずき、男性を一瞥する。男性はみひろが送る視線の圧力に屈したように、「どうぞ」と弱々しい声で言った。

「ありがとうございます」

当時のことを思い出していると、懐かしさで胸が痛くなってきた。綾が思春期を過ごした海辺の街は、八年前に津波で姿を消した。今はもう、記憶を呼び起こすことでしか

あの街を訪れることはできない。

平成十三年、二〇〇一年の春。綾は十三歳だった。

＊

その瞬間、にぎやかな休み時間の教室で、綾は誰よりも大きな声を発していた。

「え、麻子《あさこ》も携帯電話買ってもらえなかったの？」

麻子は申し訳なさそうに綾を見上げた。

「粘ったんだけどダメだった。校則で学校に持って行けないんだから買う意味ないでしょ、って言われちゃった」

「じゃあ買ったの私だけ？　進級したらみんなで携帯電話買ってメールしようねって言ってたのに！」

麻子の机を囲んでいた、同じクラスのバレーボール部の仲間たちに訴えたが、彼女たちは決まり悪そうにうつむくだけだった。

綾は肩を落として自分の席に戻った。

「誰でもいいから、携帯電話持ってる人いないかなあ」

綾がつぶやいていると、たまたま前方から歩いてきた真希子と目が合った。理科の教科書と筆箱を持っていたので、さっきまで授業を受けていた理科室から戻ってきたところなのだろう。

真希子とはこの時点では二、三回程度しか話をしたことがなかった。双子の弟の真太郎とは過去に同じクラスになったことがあったけど、真希子と一緒になるのはこれが初めてだった。

「真希子ちゃん、携帯電話持ってない？」

試しに訊いてみたが、真希子は首を横に振った。肩を落としたところで、廊下から男子たちのにぎやかな声が聞こえてきた。男子の中で一番うるさいグループが教室に入ってくるところだった。

「この際男子でもいいや、聞いてみようかな」

立ち上がりかけたところで、まだ机の横に立っていた真希子に声をかけられた。

「綾ちゃん、お願いがあるんだけど、いいかな？」

聞けば、シャーペンを筆箱にしまい忘れ、理科室に置きっぱなしにしてきたらしい。理科室に行くには三年の教室が並ぶ廊下を通らないといけない構造になっていて、緊張するのでついてきてほしいということだった。三年生には校内でも有名な素行の悪い生徒が何人かいて、廊下でたむろしていることも多い。真希子の気持ちは理解できた。

「うん、いいよ」

ほとんど話したことのない相手から頼まれたのを意外に思いつつ、教室に入ってくる騒がしい男子たちとすれ違いながら教室を出た。

「綾ちゃんって、真太郎と小学生のとき同じクラスだったんだよね？」

「五年のときにね。体は小さいけどやんちゃだったなあ。友達とけんかして、よく泣かされてた」

それに比べて真希子はおとなしい、とこのときの綾は思っていた。

「あいつ、弱っちいから」

「真太郎と仲いいよね。一緒に登校してるの、何回か見たことある」

「うん、まあね」

真希子が恥ずかしそうに頭を掻いた。

三年生の教室前の廊下にさしかかった。表情が固くなった真希子の気を紛らわせるため、綾は雑談を持ちかけた。

「真希子ちゃんはどんなアーティストが好き？」

「いろいろ聞くよ。ＧＬＡＹとかラルクとか、男性のロックバンドが多いね。最近好きになったのは、ＢＵＭＰ　ＯＦ　ＣＨＩＣＫＥＮかな」

「え、誰それ？」

「『天体観測』、って曲知らない？」

「ああ、あれか！」

この頃、音楽番組のランキングによく登場する曲だった。知らないアーティストだったけど、サビのメロディーにぐっとくるものがある、と思いながら聴いていた。

理科室には、次の授業で使う三年生たちが座っていた。

「ごめん、ちょっと待ってて」

真希子は一人で理科室に入っていった。大丈夫かなと心配していたが、真希子は奥の席の下にある棚を覗き、シャーペンを持って戻ってきた。

「ありがとう、ついてきてくれて」

真希子はシャーペンをポケットに入れ、綾に笑みを見せた。かわいい子だな、と思った。仲が深まり、彼女の人見知りが解消されるにつれてこのときのかわいさはなりをひそめ、代わりに辛辣な言葉を容赦なく口にするようになるのを、綾はまだ知らない。

「また明日ね」

途中まで帰り道が一緒だった麻子と別れ、綾は一人になった。真っ暗な道の中で自転車を漕いでいると、部活でまずいプレーをして先生から怒られたことを思い出し、心まで暗くなった。

いつの間にか、同級生の中でいちばんバレーが下手になっていた。しかも、新入生の中に地域のスポーツクラブでバレーを経験している部員が数人いて、みな綾と遜色ない腕前だった。これまでは人数が少ない部活だったから二、三年生は全員ベンチ入りできたけど、今後はどうなるかわからない。

田んぼの真ん中を通り、住宅街へ入って少し進んだところで、背後から声がした。

「おーい」

同じクラスの松永塁《まつながるい》が自転車で追いかけてきた。小学校五年生のときに転校してきた生徒で、顔と名前は当時から知ってたけど、クラスはずっと違っていたから会話する機会はほとんどなかった。体が小さくてすばしっこく、いつもうるさい、野生の猿みたいな男子だった。クラスでは騒がしい生徒が集まったグループに属していて、落ち着きがないせいでよく先生から怒られていた。

「部活、遅くまで大変だな」

「そっちこそ」

塁は名前のとおり、野球部に入っていた。足が速く、レギュラーとしてセンターを任されていると聞いたことがあった。

塁は綾の横で並走した。

「なあなあ、麻子から聞いたんだけど、お前、携帯電話持ってるんだって？」

「そうだけど」

いきなりお前呼ばわりするとは何様だ、とむっとしていると、塁は人なつこい笑顔を浮かべたまま こう言った。

「メアド交換しようぜ！」

「え？」

「春休みに親が携帯電話買ってくれたんだけど、友達で持ってる奴いなくてつまんないからさ、誰かとメールしたいと思ってうずうずしてたんだ」

「いいけど、私と何の話をするの」

「そんなの何だっていいじゃん。とりあえず嫌いな先生でも発表し合う？　ちなみに俺は担任。あ、しまった、メールで発表し合うはずだったのに直接言っちゃった」

邪気のない笑みを浮かべて塁は言った。

道の端に自転車を止め、お互い携帯電話を出した。校則では持ち込みが禁止されていたけど、せっかく買ったんだから持ち歩いていたいと思い、いつも鞄の中に入れていた。

「綾のは携帯？　それともPHS？」

「携帯だよ。docomo 使ってるの」

「へえ、俺はJ-PHONEなんだ」

「えっとごめん、どうやって連絡先交換するんだっけ？」

「俺もまだ慣れてないんだ。兄貴と交換したときは、赤外線通信っていうのを使ったと思うんだけど……」

手間取りながら、連絡先の交換を終えた。アドレス帳に、松永塁という名前と、彼の電話番号とメールアドレスが表示された。

「ありがとな！　ようやく家族以外の人が登録されたよ」

塁がうれしそうに携帯電話の液晶画面に目を落としていた。

「それじゃあ、さっそく家に帰ったらメールしようぜ」

少し進んだ先の曲がり角で塁と別れ、ふたたび一人で家に向かった。帰宅後、夕食を食べながら携帯電話を開くと、さっそくメールが届いていた。

〈いえーい。松永塁です。よろしくね！

綾は着メロ何にしてる？　ちなみに俺はモー娘。の恋のダンスサイトだよ！〉

両親以外の相手とメールをするのは初めてだった。綾は何度か打ち間違いをしながら〈夜空ノムコウだよ。初めて買ったCDなんだ〉という文章を送信し、携帯電話のサイレントモードを解除した。

三分後、携帯電話がSMAPの『夜空ノムコウ』を奏でた。

〈へえ、やっぱ女子はジャニーズ好きなんだな。俺が初めて買ったCDはブラックビスケッツのタイミングだなあ。ウリナリ好きなんだよね〉

すぐに返信しようと文章を打ち始めると、母に「ご飯食べながら携帯いじるのやめなさい」と叱られた。綾は急いでご飯を食べ終え、塁に返信した。

〈私ウリナリ一回も見たことない。その時間はいつもMステだから〉

〈一回見てみなよ。今解散総選挙ってのをやってて面白いぞ。レギュラーの座をかけて視聴者投票やってるんだ〉

〈ダメ。音楽番組は外せないんだ。ちなみに今はもちろんHEY!HEY!HEY! 見てるよ〉

〈俺も見てる！　この松浦亜弥って子かわいいな！〉

〈そう？　私はすぐ消えると思うけどなあ〉

〈見る目ないなあ〉

〈何だと〉

離れたところにいる相手と、同じテレビを見ながら話をするというのが新鮮だった。その後も十時過ぎまで塁とメールを続けた。それまでの塁との会話の総量をはるかに超えるやりとりを、メール上でかわし続けた。


塁とは、週に二、三日程度のペースでメールをした。

たとえばある日はニュースを見ながらのメール。

〈イチローと野茂の直接対決見た？　メジャーリーグで日本人同士が対決するってすげえよな？〉

〈そうなの？　この間宇多田ヒカルと浜崎あゆみが同じ日にアルバム発売して直接対決したんだけど、それとどっちがすごいの？〉

〈ジャンルが違いすぎて比較できねえ！　去年みたいに、ONが日本シリーズで直接対決したのと同じくらいすごいことだとは思うけど〉

〈ごめん、オンって何？〉

またある日は学校での出来事に関するメール。

〈道徳のいじめの授業、意味あったのかな。結論が、いじめは卑怯です、いじめられていたら一人で悩まず周囲に相談してください、って、言われなくてもわかってるのに〉

〈そんなこと言って、本当はこっそり誰かをいじめてるんじゃねえの？〉

〈そんなわけないでしょ！　まあ、先生が言っていたとおり、私にそのつもりがなくても、向こうがいじめられてると思えばそれはいじめになるんだろうけど〉

〈そういえばそんな話も授業でしてたな。俺としては腑に落ちないけど〉

メールのやりとりはよくしているのに、塁と顔を合わせて話をする機会は少なかった。珍しく塁と会話したのは、六月最初の土曜日、部活の練習試合を終えて帰宅する途中のことだった。

通り道の公園で、男子が二人、じゃれあっているのが見えた。近づくと、それは塁と真太郎だった。

た。

「何やってるの……」

塁はむりやりあおむけにさせた真太郎の足首をつかみ、真太郎を振り回そうとしてい
「おう、綾じゃん！　真太郎にジャイアントスイングかけようとしてるんだけど、こいつが全然協力してくれなくて困ってるんだ」

「当たり前だろ！　いい加減にしてくれ！」

塁が手を止めた隙に真太郎は立ち上がり、服についた砂を払いながら抗議した。

「そんなに怒るなよ」

塁が真太郎の頭をたたいた。

「痛いなあ！　やめてくれよ！」

「いいじゃねえか、褒めてやるよ。『痛みに耐えてよく頑張った！　感動した！』ってな」

話題の言葉を使ってみたかったのだろう、塁は当時の総理大臣のまねをしながら笑った。一方、真太郎は顔を真っ赤にして塁をにらみつけていた。

当時の真太郎は成長期を迎える前で、学年で一、二を争うほど身長が小さかった。この直後、別人のように背が伸び、筋肉がつき、だけど頭の悪さはそのままで、夢も目標もないのに何となく東京に出てくるどうしようもない若者に成長するのである。

「綾って塁と同じクラスだろ？　こいつ同級生をいじめてるって学級会で問題にしてくれよ！」

真太郎は泣きそうな顔で塁を指さした。

「嫌だよめんどくさい。そうそう、真希子とも同じクラスだよ。かわいらしくていい子だね」

「そう言っていられるのも今のうちだよ」

真太郎のつぶやきを、このときの綾は聞き流していた。

「真太郎、お前も早く携帯買ってもらえって」

「無理だよ。春休みに塁が家に携帯電話見せびらかしにきたあと、真希子が羨ましがって父さんにねだってたけど、結局ダメだったんだから」

「ちぇっ、つまんねえなあ」

塁が吐き捨て、それから綾を見た。「ところで、体操着着てるってことは部活の帰り？」

「練習試合だったんだ」

「バレー部は練習ハードだよな。これだけ頑張ってたら、夏の大会は楽勝なんじゃねえの？」

「だといいね」

綾は頑張って笑顔を作った。

たしかに綾の所属するバレー部は強い。問題は、綾自身が強いわけではないことだった。この日の試合も、途中出場させてもらったものの、ミスが続いて先生に何度も怒られた。春の大会はぎりぎりベンチ入りできたけど、このままだと夏の大会は一年生と入れ替えになるかもしれない。ベンチ入りメンバーの発表まで残り三週間。頭の中は危機感でいっぱいだった。

塁の意外な趣味が発覚したのは、公園で会ってから数日後、大阪の小学校に男が乗り込んで児童八人を殺害した事件の翌日のことだった。

寝る準備をしてからベッドに転がり、最近のシングル曲を集めたMDをラジカセで聴きながら携帯電話を開いた。最近の好きな曲は何なのかを訊かれたので〈天体観測好きなんだよね。最初はあまりピンとこなかったけど〉と返信した。

返事はすぐ返ってきた。

〈え、マジで？　俺も好きなんだ！　三年前に兄貴に勧められてから興味持ったんだよ〉

〈いやいや、天体観測は今年発売されたんだけど。あるいは別のアーティストが同じタイトルの曲歌ってたりするの？〉

〈あれ？　綾が言ってる天体観測って、バンプの曲のこと？〉

〈そうだよ。塁が好きな曲を訊いてきたから答えたんじゃん。え、もしかして、塁は本物の天体観測のこと言ってるの？〉

〈あ、そうか。俺が質問したんだったな。

本物っていうか……そうだよ。望遠鏡で空見上げる方の天体観測だよ〉

綾は思わず体を起こした。

〈えーっ、意外！　まさか塁にそんなロマンチックな趣味があるなんて！　似合わない！　じゃあ、自分の望遠鏡持ってるの？〉

〈似合わなくて悪かったな！　いや、俺は持ってない。夏休みになると仙台で働いてる兄貴が望遠鏡持って帰ってきて、いつも一緒に星を見にいくんだ。おかげで星のことは詳しくなったよ。星の王子様と呼んでくれ〉

〈へえ、いいなあ、楽しそう。私もやってみたいなあ〉

〈いや、星の王子様に突っ込めよ！〉

〈頭を下げてお願いしたら突っ込んであげるよ？〉

そこで返信が途切れた。塁は毎日十時半に寝ると決めているらしく、その時間を過ぎると一方的にメールが打ち切られる。念のためセンター問い合わせをしたけど、メールは届いていなかった。きっとこの日も時間どおり寝たのだろうと思い、綾も電気を消した。

「お疲れ様でした」

「うん、お疲れ」

まだ他の部員たちが着替えている中、綾は一足先に更衣室を後にした。いつもは同級生と一緒に帰るのだけど、この日ばかりはそんな気分になれなかった。綾の気持ちを察しているのだろう、同級生たちも綾を引き留めようとはしなかった。

この日の練習後、先生が夏の大会のベンチ入りメンバーを発表した。一年生が二名選ばれた影響で、綾は二年生で唯一、ベンチから漏れることになった。夏の大会は、ほかの一年生たちに交じって、観客席から応援しなければいけない。

自転車に乗り、夜道を一人で漕ぎながら、部員みんなで綾をあざ笑っている様子を思い描いた。被害妄想だと自分に言い聞かせたけど、嫌な想像は止まらなかった。涙がこぼれてきて、綾は自転車から降りた。悔しさと情けなさを嚙みしめ、涙を拭きながら歩いていると、背後から自転車のベルの音が聞こえてきた。

「よう、綾じゃん！　どうしたんだ、自転車パンクしたのか？」

塁が綾の横に並び、顔を覗き込んできた。綾はあわてて顔をそむけたが、塁は綾の泣き顔に気づいたらしく、血相を変えて「おい、どうしたんだ？」と言って綾の肩をつかんだ。

「何でもない」

体をそむけ、塁の手をふりほどいた。一年生にユニフォームを奪われたなんて、みっともなくて言えなかった。

「何でもないわけないだろ。誰かにいじめられたのか？　だったら俺がぶっ飛ばしてやる」

「そんなんじゃないって！　ほっといてよ！」

塁は口を閉ざした。しかし立ち去ろうとせず、自転車から降りて綾の横に並び、田んぼに囲まれた暗い道を二人で歩くことになった。

塁の存在がうっとうしかった。二年生にしてレギュラーを任されている塁に、綾の惨めな気持ちがわかるはずがない。

「早く帰りなよ。『ウリナリ』に間に合わないよ」

「そっちこそ、『Mステ』見るんじゃないのかよ」

「うるさいなあ！　いいから一人にしてよ！」

感情を露わにした瞬間、ふたたび涙が込み上げてきた。溢れる涙を拭っている間も、やはり塁は去ろうとしなかった。

「そんなに私が泣いてるところを見るのが楽しい？」

「全然。むしろ居心地が悪い」

「だったら早く私を置いて帰りなよ」

「綾が泣くのをやめればいいじゃん」

「私だって泣きたくて泣いてるわけじゃないの。勝手に目から落ちてくるんだからしょうがないでしょう」

「落ちてくるんだったら、顔を上げてればいいんじゃねえの？」

塁は立ち止まり、実際に顔を真上に向けた。「ほら、空見てみろよ」

言われたとおりにして、綾は目を見張った。夜空にはたくさんの星が輝いていた。

「今日は晴れてて月もないから、星がよく見えるんだ」

ふだん夜空を見上げることはめったになかった。顔を上に向けるだけで、こんなに美しい光景を目の当たりにすることができたのか。

「綺麗だね」

「そうだろ。落ち込んでるときに星空を見てると、嫌なこと忘れられるんだ」

塁から発せられたものとは思えないくらい、静かで落ち着いた声だった。

「塁でも落ち込むことってあるんだね」

「何だよそれ！　当たり前だろ！」

頬をふくらませる塁を見ていると、沈んだ気持ちが少しだけ浮上してくるのを感じた。

「あそこ、見ろよ」

塁が空の左側を指さした。「まわりの星より強く輝いてる星が三つあるのわかる？　あれが夏の大三角だ。アルタイルとベガとデネブ」

「ああ、聞いたことある。たしかに三角の形してるね」

「あの中の二つ、ベガとアルタイルが、織姫と彦星なんだ」

「そうなんだ。あれ、織姫と彦星ってどうして一年に一回しか会えないんだっけ？」

「織姫と彦星が結婚したんだけど、途端に二人で遊んでばかりで働かなくなったから、怒った神様が二人の間に天の川を作って離ればなれにさせたらしい」

「何それ！　ロマンチックな話かと思ってたのに、ただのダメ夫婦じゃない！」

綾たちはゆっくり自転車を押して歩きながら、星空を観察した。

「私、オリオン座だけは形知ってるんだよね。どこにあるの？」

「あのなあ、オリオン座は冬の星座だ。その代わりさそり座が空の下の方にあるだろ。縦長の、『J』みたいな形のやつ」

「え、どれ？　わかんないよ。ていうか、どうしてさそり座がオリオン座の代わりなの？」

「オリオンっていうすごく強い男がいて、そいつは自分より強いやつはいない、と思ってたんだ。だけどオリオンはさそりの毒で殺されてしまった。だからさそり座が現れている夏の間は、オリオン座は怖がって姿を見せないんだ」

「へえ！　面白いね、それ」

「そうだろ。単に星が綺麗だ、っていうのもいいんだけど、星や星座の知識を勉強してから見るとより面白いんだ」

　空を見上げながら語る塁の目も、星のように輝いていた。塁の解説を聞きながら星空を鑑賞していると、ベンチ入りできなかったことへの惨めさは、いつの間にか消えてしまっていた。

「それじゃあ俺、こっちだから」

　田んぼを抜けて住宅街に入ったところで、塁が自転車にまたがり、前輪を曲がり角の方向に向けた。

「星の話、聞いてくれてありがとう！」

　塁は一方的に礼を言い、綾の返事を待たずに遠ざかっていった。お礼を言いたいのは自分なのに、と思いながら、綾も自転車に乗って家に急いだ。

　テレビを見ながら夕食を食べ、自分の部屋に入った。一人になると、ふたたびベンチ入りできなかった事実を思い出し、心が乱れた。

　すがりつくように、携帯電話を手に取った。

〈塁の話面白かった。天体観測好きだっていうのは本当だったんだ〉

返信を待つ間、ふと思いついて新しい着メロを購入した。

五分後、携帯電話が新しい着メロを奏でた。BUMP OF CHICKENの『天体観測』。綾はすぐにメールを開かず、メロディーが鳴り終わるまで曲に聴き入っていた。

〈星座のテストがあったら満点取れる自信あるんだけどなあ。来月の期末テストが憂鬱だよ〉

〈ちゃんと授業聞かないからダメなんだよ。そういえば今日も授業中怒られてたよね〉

五分後に返信があった。携帯電話の発する『天体観測』を、ふたたび綾は最後まで聴いた。このメロディーを聴くたびに、壘と見上げた星空と、星に負けないくらい輝く壘の目と、彼の生き生きとした口調を思い出した。

メールに返信する。数分後に携帯電話が『天体観測』を奏でる。星空と壘の表情を思い出しながら最後まで曲を聴く。メールを見て、壘に返信する。これを何度も繰り返した。『天体観測』のメロディーが鳴り響くたびに、綾の心は温かくなった。

夜遅くまでメールを続けた。ふだんは十時半を過ぎれば壘からの返信はなくなるけど、この日だけは、壘は最後までメールにつきあってくれた。

六月下旬、夏の大会が始まった。バレー部は地区大会で優勝し、七月に行われる県大会に駒を進めることになった。

七月に入り、今度は定期テストの時期になった。綾はいつもどおり、五教科すべて平均点付近という平凡な成績を残した。

テストが終わり、いよいよ夏休みが目前に迫ってきた。

「今度の夏祭りはみんな行くの？」

昼休み、バレー部のみんなで話していると、近くの席に座っている別の部活の女子が尋ねてきた。

次の日曜日、毎年恒例の夏祭りがあった。駅前の商店街や近くの神社に屋台が並んだり、じゃんけん大会などの催し物が開かれたりしていて、綾は毎年遊びにいっていた。

「いや、私たちは行けないんだ。部活の大会あるから」

「そうか。バレー部は県大会行くんだもんね」

「あ、でも綾は行けるのか……」

そこまで言ったところで、麻子は口を押さえた。「ごめんね、余計なこと言って」

「気にしないで」

県大会は、ベンチ入りしたメンバー以外は参加しないことになっていた。「え、どうして綾ちゃんは行けるの？」と訊いてきた女子に、麻子は「ううん、何でもないの」とごまかしていた。

綾はトイレに行くふりをして、教室を出て廊下の壁に身を預けた。腹の底が屈辱で煮えたぎっていた。夏祭りなんて誰が行くか、と、麻子たちを心の中で罵倒した。

「ああ、いたいた。おい綾、そんなところで何やってるんだ？」

声がした方を向くと、小走りで近づいてくる塁の姿があった。

「いや、別に」

「何か機嫌悪い？　まあいいや。なあ、今度の日曜って予定ある？」

「いや、特にないけど」

「本当か！」

塁の顔が明るくなった。そして今度はポケットに手を入れ、恥ずかしそうに顔をそむけた。

「あのさ、この間、夏になると兄貴が帰ってくるって言っただろ。今年は会社の夏休みがいつもより早いらしくて、今週末に帰って来るんだ。ただ、週末は用事があって出かけるらしくて、その間望遠鏡を貸してもらえることになったんだ。だから星を見に海岸へ行こうと思ってるんだけど、お前も一緒に来ない？」

「え、私が？」

「一人だとつまんないし、でも他にこういうのに興味がありそうな奴いないからさ。この間綾に星の話をしたら結構面白がってくれたから、どうかな、と思って」

塁は上目遣いで綾の顔をそっと覗き込んできた。

胸の鼓動が速くなった。

これって、デートの誘い？　どうしよう、こんなこと初めてだ。

思いがけない事態に、どう答えればいいかわからない。

「いや、無理なら別にいいんだけどさ」

迷っていると、塁があわててつけくわえてきた。

「無理ってわけでは……とりあえず、考えとくね」

「じゃあ、あとでメールくれよ」

塁は手を振って遠ざかっていった。

誘ってくれたのはうれしいけど、それ以上に恥ずかしかった。デートの経験なんて一度もないのに、いきなり二人きりで夜の海岸で天体観測なんて、初めてのデートにしては濃密すぎるような気がした。どうすればいいのか、気持ちの整理がつかないまま教室に戻ると、今度は入口のすぐ近くにいる真希子に呼び止められた。

「一緒に理科室行かない？」

「え？　あ、うん。そうか、次は理科か」

午後の授業開始まで残り十分を切っていた。

真希子と一緒に理科室へ向かった。

真希子とは、まだ友達と呼べるほどではないけど、学校内では話をする機会が多くなっていた。この頃になるとある程度は打ち解けてきていて、ときおり辛辣な言葉を放って綾を驚かせることがあった。

「そういえば、前に私が理科室にシャーペン忘れたとき、一緒に取りに行ってくれたことあったね」

三年生の教室が並ぶ廊下に差しかかったところで、真希子が言った。

「あったね、そんなこと」

「あの頃はまだクラスに友達が全然いなかったんだ。綾ともほとんど話したことがなかったから、断られるかもしれないと思ってたけど、嫌な顔しないでついてきてくれてうれしかった」

「いや、そんな。ただ一緒に行くだけのことじゃない」

「ちゃんとお礼を言いたいって思ってたんだ。ありがとね」

「やめてよ。照れるじゃん」

真希子と目を合わせ、お互い恥ずかしそうに笑った。

「そうだ、綾は夏祭り行くの？」

「いや、行く予定はないなあ」

「私と行かない？」

突然の誘いに、足が止まりかけた。

「いつもは真太郎と一緒だったんだけど、真太郎が今年は友達同士で行くって言うから、一緒に行ってくれる人を探してるんだ。私は綾と行きたいって思ったんだけど、どうかな？」

数分前には強がっていたけど、本当は夏祭りに行きたかった。真希子とも、もっと仲よくなりたいという気持ちもあった。だけど、祭りに行けば、塁と天体観測ができなくなる。本当に塁の誘いを断っていいのか？　塁の兄の望遠鏡を使えるのは今週末だけだ。延期はできない。

「ダメ？」

答えあぐねていると、真希子が上目遣いで迫ってきた。

「いや、大丈夫。行こう」

自分の意思というより、思わず口を突くように言葉が出てきた。

「ほんとに？　ありがとう！」

真希子の喜ぶ顔を見ながら、心の中で塁に詫びた。

帰宅後、塁に断りのメールを入れると、「わかった。残念！」と返ってきた。断られたことをどう思っているのか、メールの文面だけでは彼の本心はわからなかった。

翌週、綾は塁の誘いを断ったのを後悔することになる。

朝、先生が教室に入ってくるなり、塁のことで話があると告げた。

「松永君が、お父さんの仕事の都合で一学期を最後に転校することになりました」

先生の隣に立ち、みんなに感謝の言葉を述べる塁を、綾は呆然と見つめていた。綾に限らず、彼の友達も転校を知らなかったらしく、休み時間になると友達に囲まれて質問攻めに遭っていた。転校先は福岡で、夏休みに入ったらすぐ引っ越しをする、という情報が綾の席まで聞こえてきた。

〈転校するって聞いてビックリしたよ。さびしくなるね〉

塁と直接話すことはできず、帰ってからメールを送った。二分後、『天体観測』のメロディーが部屋に響いた。

〈ごめんな、黙ってて。今までメールにつきあってくれてありがとう。楽しかった〉

塁らしくない、感謝の気持ちが率直につづられたメールが届いた。

翌日が終業式だった。この日も塁は終始友達に囲まれていて、話はできなかった。授業がすべて終わり、さよならのあいさつを終えたあとも、別れを惜しむ友達が塁の元に集まっていた。結局最後まで会話できないままか、と思いながら輪の中心にいる塁を見ると、塁が綾に気づいた。

「綾、今までありがとう!」

塁が手を振り、人なつこい笑みを見せた。同時に塁の周囲にいる男子がいっせいに綾を見る。急に注目されて恥ずかしかったが、綾も塁に笑いかけ、「じゃあね！」と言って手を振った。

夏休みの間に携帯電話を手に入れた友達が何人かいて、二学期に入ると彼女たちとのメールを楽しむようになった。毎日、勉強や部活、メールのやりとりを含めた友達づきあいで忙しく、塁を思い出すことはほとんどなくなっていた。

久々に塁のことを考えたのは、九月最後の土曜日だった。

二〇〇一年は、土曜授業が実施される最後の年だった。午前の授業と午後の部活を終えた綾は、テニス部の練習を済ませた真希子と一緒に、彼女の家に向かった。一緒に夏祭りに行ったことや、席替えで真希子と隣の席になったこともあり、この頃にはバレー部の仲間よりも彼女と過ごす時間の方が長くなっていた。

真希子の家を訪れるのは初めてだった。二階建ての一軒家に入ると、ソファーに寝そべっていた真太郎が立ち上がって出迎えた。

「真太郎、背伸びたよね」

綾は真太郎を見上げて言った。

「俺もようやく成長期だな」

「人並みの身長になったくらいで調子乗ってるんじゃないの。あんたより大きい男子の方がまだ多いんだから、そいつらを越してから威張りな」

胸を張る真太郎を、真希子はばっさりと切り捨てた。この頃になると、真希子は持ち前の口の悪さを綾の前で隠さなくなっていた。

両親の姿はなかった。真希子の父はセールスマン、母はスーパーの店員をしていて、土日も仕事で家を空けることが多いらしい。

ビデオデッキにテープを入れ、真希子が前日録画していた『ミュージックステーション』を三人で見た。モーニング娘。が『ザ☆ピース!』を歌うのを見ながら、次は誰がグループを脱退するのかみんなで予想した。

番組を見終えて、真希子が停止ボタンを押した。画面はテレビ放送に切り替わり、アメリカの同時多発テロ事件に関するニュースが流れた。

「最近はこのニュース一色だね」

綾はつぶやき、真太郎が「とんでもない事件だよな」と応じた。

九月十一日、風呂上がりにテレビをぼんやり見ていると、アメリカの巨大なビルに飛行機が衝突する映像が流れてきた。しばらくすると、そのビルが崩壊する映像も流れた。とんでもないことが起こっている、とテレビの前で慄然とした。

綾たちは、のちに「9・11」と呼ばれることになるそのテロ事件のニュースに見入った。

ニュースでは、事件の首謀者と思われる男性について解説していた。彼はサウジアラビア人だった。一九九〇年代、不安定な中東情勢に備えて祖国がアメリカ軍に支援を求めた結果、イスラム教の聖地に異教徒の軍隊が駐留することになった。これが、アメリカを憎むきっかけとなり、テロ事件につながったのではないか、とのことだった。

「ひどいね」

番組がCMに入ってから、綾は口を開いた。「アメリカが彼らに悪いことをしたわけじゃないのに、逆恨みでたくさんの人を殺すなんて、あまりに理不尽じゃない？」

「うーん、どうだろう」

真希子は腕を組み、険しい顔で考え始めた。すぐに同意してくれるとばかり思っていたので、真希子の態度は意外だった。

「誰かを恨んでる人って、相手に自覚がないならしかたない、なんて思えないんじゃない？　一学期に道徳でいじめの授業したの覚えてる？　いじめかどうかは、何かされた人が『いじめだ』と思うかどうかで決まる、って先生言ってた。それと一緒だよ。それに、本人に悪意がないのが余計に気にさわる、ってこともあるんじゃない？　自分の苦しみに相手が気づいてすらいないのが悔しい、って思うんじゃないかな。この事件がそうなのかは知らないけど」

真希子は顔をこわばらせ、テレビに目を向けたまま言った。

「真希子、何かあったの？」

「ううん、何でもない。もう終わったことだから」

綾はそれ以上、真希子に訊き返すことができなかった。

家に帰ってからも、真希子の暗い顔が頭から離れなかった。いったい何があったんだろう、と考えているうちに、綾はひとつの可能性に思い至った。

＊

「真太郎は塁にいじめられていたんじゃないか、って思うんです」

公園で、塁が真太郎に乱暴な行為を働いている光景を思い出しながら、綾はみひろと男性に向けて言った。

「塁は、二人でじゃれ合っているつもりだったのかもしれません。だけど、実は塁の振る舞いに真太郎は苦しんでいた。真太郎は私に、塁がいじめてくるって訴えてきたけど、あれは大げさに言ったんじゃなくて、彼の本心だったのかも。真希子は塁のことが許せなくて、ついあんなことを言ってしまったんじゃないか、って思うんです。真希子が最後に『もう終わったこと』と言ったことからしても、あれは塁のことを指していたんじゃないかな。塁はもう転校したから、真太郎がいじめられることもなくなったわけだし」

「うーん、どうなんだろう」

みひろが太い腕を組み、首をひねった。「落ち込んでる女の子に星の話をしてあげるような子に、いじめという言葉はそぐわない気がする。たしかにやんちゃな子のようだけど、人を思いやる心もちゃんと持ってたよね。いじめられている、と友達に感じさせるほどひどいことをしてしまう子じゃないと思う」

「そうなんですけどね……」

「それにしても、塁君って外見は三枚目みたいだけど、やることは二枚目だよね。すてきなエピソードだった。私も綾ちゃんみたいな体験を青春時代にしたかったなあ」

「あの日のことはすごく印象に残ってるんです。天体観測、やっぱり行っておくべきだったなあ」

綾がため息をついた直後、唐突に右から声がした。

「そこに罠が仕掛けられていたのです」

男性が体を綾に向けていた。ジャンパーの袖口から、先日と同じ腕時計をしているのが見えた。

今回も、男性は何かに気づいたようだ。

「罠って何のことですか？」

「フット・イン・ザ・ドア・テクニックです」

男性は唐突に聞き慣れない横文字を発した。「五十年前にアメリカで行われた戸別訪問の実験があります。実験者たちは住宅街を回り、交通安全を啓発する団体だと名乗って、キャンペーンのための看板を玄関前に設置するように頼みました。その際、単に設置の依頼だけを行った場合の承諾率は二割にも満たなかったのですが、事前にある準備を行っていた家庭の場合、承諾率が跳ね上がったのです」

「ある準備？」

「実験の二週間前、別の実験者が住宅街の一部を回りました。その際、看板設置より負担の軽い依頼、具体的には『安全運転』と書かれた小さなステッカーを自宅の窓や車に貼ってくれないかと頼んだのです。この依頼を引き受けた人たちの、看板設置依頼の承諾率が、七割を超えたのです」

「そんなに？　それはきっと、その人たちが交通安全に対する意識が高かったからじゃないですか？」

「いいえ、他にも地域美化の団体を名乗り、地域美化を訴えるステッカーの貼りつけや、嘆願書の署名依頼を行った家もあったのです。地域美化の依頼に承諾した人が、交通安全の看板設置を引き受けた割合は、五割近くにまで達していました」

「交通安全と関係なくてもそんなに変わるんですか。要は人の頼みを積極的に引き受けるいい人ってことですか？」

「そうですね。正確には、自分は『人の頼みを引き受けるいい人』だと、実験者が彼らに思い込ませたのです」

「どういうことですか？」

「一貫性要求と言って、人間は自分の言動に一貫性を持ちたいと思う心理があります。最初の依頼を承諾した段階で、彼らは自分のことを『他人からの頼み事に応じる心の広い人間だ』と自覚します。その後、看板設置のような負担の大きい依頼を受けた際、『ステッカーの貼りつけは引き受けたのだから看板も置かせてあげなければ』と考えるようになるのです。先に小さな頼み事を承諾させ、その後で本当に頼みたい話を切り出す、これがフット・イン・ザ・ドア・テクニックです」

「このテクニックをあてはめることで、塁の考えがわかるんですか？」

「いえ、私が申し上げたいのは、塁さんではなく、真希子さんの言動についてです」

「真希子の？」

綾が尋ねると、男性は言いづらそうに唇を噛み、視線をわずかに下げながら言った。

「真希子さんは、あなたにフット・イン・ザ・ドア・テクニックを使っています」

「え？」

「真希子さんがあなたを夏祭りに誘ったときのことです。彼女は最初に、まだほとんど話をしたことがない時期に、あなたが理科室についてきてくれたときの話を持ち出していました。その後で、夏祭りに一緒に行かないかと尋ねています。あなたに、自分の頼み事を引き受けたことがあるのをわざわざ思い出させた上で、夏祭りに誘ったのです。あなたが、好意を持っていた塁さんから天体観測の誘いを受けていたにもかかわらず、真希子さんを優先させた理由は、彼女が仕掛けたテクニックにあったのです。彼女のお父さんは、セールスマンをしているという話でした。このテクニックはセールスマンが契約を勝ち取るための手法として用いられることがあり、お父さんは彼女にこの話をしたことがあったのではないでしょうか」

「そうだったんですか。そんなに真希子は私と夏祭りに行きたかったのか」

真希子に操られていたようで面白くはなかったが、それだけ自分と仲よくなりたくて起こした行動なのであれば、悪い話ではない。

ところが、男性は首を横に振った。

「真希子さんは、あなたと夏祭りに行きたかったのではありません」

「は？　じゃあどうして私を誘ったんですか」

「あなたを天体観測に行かせないためです」

男性は悲しそうな顔で綾を見た。「塁さんと話し終えたあとにすぐ真希子さんが声をかけてきたことを考えると、あなたが誘われたのを近くで聞いていたのでしょう。お二人のデートを実現させないために、真希子さんはあなたを夏祭りに誘ったのです」

「そんな」

「真希子さんが塁さんとの仲を妨害してきたのはこのときだけではありません。真希子さんが理科室についてきてほしいと頼んできたときも、あなたを塁さんに近づけたくないという狙いがあったのではないでしょうか。あのとき、あなたは携帯電話を持っている相手を求めていました。真希子さんがあなたに声をかけたのは、男子の中でいちばんにぎやかなグループが教室に入ってくる直前でした。その中に塁さんの姿があったのでしょう。放っておくと、あなたは彼らに携帯電話を持っていないか声をかけ、塁さんと連絡先を交換することになる。真希子さんはそれを阻止したくて、あなたに声をかけたのです」

「じゃあ、理科室にシャーペンを忘れたのは嘘だったってことですか？」

「おそらくシャーペンは最初から彼女が持っていたのだと思います。理科室に一人で入り、シャーペンをその場で見つけたふりをして戻ってきたのでしょう。三年生の廊下を通るのが怖い、という理由であなたを誘ったのに、三年生のいる理科室に一人で入っていくのは不自然ですから」

「どうして真希子はそんなことをしたんだろう」

疑問を口にしながらも、綾はすでに真希子の本心に気づいていた。

「真希子さんは塁さんに恋心を抱いていて、あなたたちの仲が深まるのを妨害したかったのではないでしょうか。公園で遊んでいたときの真太郎さんの話によると、塁さんが携帯電話を購入したと知ってから、真希子さんはご両親に自分もほしいと頼んだけど買ってもらえなかったとのことでした。真希子さんがしたくてもできなかったことをあなたがやっている。彼女の嫉妬は大きなものだったと推測できます」

「『9・11』のニュースを見ていたとき、真希子は自分のことを話してたんですね。ということは、真希子が言っていた『相手』というのは……」

「あなたのことです。真希子さんにとって、あなたは自分の恋を妨害する敵だったのです。ただ、塁さんが転校して、あなたを敵視する理由はなくなりました。あなたへの負の感情が解消されたことで、真希子さんはあなたと本当の友達になることができたのです」

中学二年の夏以来、真希子は綾にとっていちばんの友人だった。卒業後も同じ高校に入ってよく一緒に遊んだし、上京してからも頻繁に会っていた。社会人となり、真希子が母となった今でも交流は続いている。綾の人生に欠かせない存在だ。

そんな真希子が、自分の恋路を妨害するための策略を働かせていたなんて。

今まではぐくんできた友情が、一気に壊れる音が聞こえた。

「意味わかんない」

現実を認めたくなくて、綾は無意識のうちにつぶやいていた。

「ねえ、ちょっといい？　私思うんだけど、真希子さんも綾ちゃんに負い目を感じていたんじゃないかな」

みひろが、いたわるような視線を綾に向けた。「前に、大学時代に好きになった賢治くんと結ばれるために真希子さんが協力してくれた話をしたよね。そのときに、真希子さんは『綾にはいろいろ借りがあるからね』と言ってたはず。彼女の言う『借り』が何のことだか、心当たりはある？」

「いえ、実はあの言葉の意味、よくわからなかったんです」

「あれは塁君のことだったんじゃない？　塁君との恋を妨害したことを申し訳ないと思っていて、今回は綾ちゃんの恋が実るように力になろうとした、というのは都合よすぎる想像かな？」

「うーん、そうだったのかな」

「そうだった、ってことにしておかない？　過去のことなんだし、水に流してあげようよ。真希子さんの言っていたとおり、これはもう『終わったこと』なんだから」

「わかってます。だけど、私はずっと、真希子は塁のいじめをほのめかしてたんだと思っていたんです。まさか真希子が私を恨んでいたなんて、すぐには受け入れられない」

「でもさ、テロや通り魔殺人もそうだけど、この世の中って、憎しみという感情がたくさんの悲劇をもたらすわけじゃない。そんな中で、かつて恨まれていた相手と一生つきあえる友人になれた、っていうのは、素敵なことだと私は思う」

そんな考え方もあるのか、と驚きながら綾はみひろを見た。胸を張って自信満々に語るみひろの姿を見ているうちに、少しずつ彼女の言葉が心に浸透していくのを感じた。

「そう思えるよう努力してみます」

綾が答えると、みひろはほほえんだ。

「あまり気にしない方がいいよ」

みひろが明るい声を出した。「長く生きてるといろんなことがあるんだから。恨んでいたはずの相手と仲よくなることもあれば、一生をともにすることを誓い合ったはずの相手から逃げ出すことだってある。ね、センセイ?」

みひろが男性を見た。口元はゆるんでいたが、目は決して笑っていなかった。

「ちょっと待ってください！　今の発言聞き捨てなりませんよ！　どういうことですか？」

綾は血相を変えて二人を問いつめた。しかしみひろは背を向けて棚の整理を始め、男性は「ちょっとトイレに」と言ってその場から逃げ出した。

Now Playing

第四章

First Love

1:41 2:40

客の数が増え、店内はにぎやかになってきた。テーブル席がすべて埋まる一方、カウンター席を使っているのは、いまだに綾と男性の二人しかいない。

ところが、その二人のうちの一人が、トイレに行くと言って姿を消してからなかなか戻ってこなかった。

「遅いですね」

「綾ちゃんに問いつめられるのが怖いんだろうね」

楽しそうにシェーカーを振るみひろを、綾はじっと見つめた。

「みひろさん、あの人と昔つきあってたんですか？」

「さあ、どうでしょう」

「さっき、一生をともにすることを誓い合った、って言ったじゃないですか」

「あれはあくまで一般論よ。私と彼が誓い合ったなんて一言も言ってないよ？」

「嘘だ。絶対あの人と何かあったはず」

「私のことより、綾ちゃんの恋の話をもっと聞きたいな。まだまだ面白い話ありそうだし」

「何で私ばっかりなんですか。みひろさんも話してください。お客さんの要望に応えるのは接客サービスの基本じゃないですか？」

「接客サービスね。じゃあもう一つ話を聞かせてくれたら梅酒をサービスするよ！」

「そういうことじゃなくてですね」

抗議する綾を無視して、みひろは背後の棚から梅酒のボトルを取り出した。

「さっきのって、中学二年生のときの話だったよね。あれが綾ちゃんの初恋？」

「いえ、初恋はもっと前です。小学校五年生のときです」

「どうだったの？　うまくいった？」

「初恋が実る人なんてほとんどいないんじゃないですか？　私もダメでした。今まで話してきた男の人たちと一緒で、彼との仲もあるとき唐突に終わっちゃったんです」

「急にダメになるパターン多すぎない？」

口調には若干呆れの色が混じっていたが、対照的に瞳は輝いていた。「じゃあ今度はその話聞かせてよ！　はい、梅酒をどうぞ」

みひろが綾の前にグラスを差し出した。

「もう、みひろさん強引すぎます」

綾が文句を言うのと同時に、男性がようやくトイレから戻ってきた。

「さ、センセイ、また出番だよ。綾ちゃんの失恋の謎、解いてくれる？」

「いや、今回は出番はないと思います」

不安そうな顔になった男性を安心させるように、綾は首を振って言った。「今回の話は、うまくいかなかった理由は見当がついてますから」

二十年も前のことなのに、記憶は鮮明に蘇ってきた。東京の冬とはまるで違う、体の芯まで凍らせるような猛烈な寒さ。ノストラダムスの大予言を、口ではバカにしながらも本当は怖がっていた日々。当時聴いていたヒット曲の数々と、見かけによらず音楽に詳しかった彼の存在。

平成十一年、一九九九年の冬。綾は十一歳だった。

＊

一月四日、綾は駅前の商店街にある、前年末に開店したばかりのＣＤショップで、何を買うか真剣に悩んでいた。

ふだんはお金がないからなかなかＣＤを買えず、レンタル店で借りたＣＤをカセットテープに録音していた。だけど今回、財布の中にはもらったばかりのお年玉があった。

綾は、当時憧れていたSPEEDの『ALL MY TRUE LOVE』を選び、ひげをはやしたおじさんの待つレジへ持っていった。

「あの、これシングルなのに、どうしてアルバムと同じ大きさなんですか？」

会計をしながらおじさんに尋ねた。それまで、シングルCDは縦に細長いパッケージが主流で、CDのサイズも小さかったのだが、このCDはアルバムと同じサイズだった。

「最近このサイズのシングルが増えてきたんだ。マキシシングルと呼ぶらしいよ」

おじさんはレジ袋に入れたCDを差し出しながら教えてくれた。「ありがとう。また来てね」

店を出ると、いつのまにか外は吹雪になっていた。冷たい風が、綾の体を一瞬で冷やした。

吹雪の中を、体を震わせながら歩いた。耳にひりひりとした痛みが走り、綾は耳当てを持ってこなかったことを後悔した。寒さに耐えられなくなり、暖を取るために、帰り道の途中にあるジャスコに寄ることにした。

入口の近くにあるCDショップに、陳列棚を熱心に見ている男の子の姿があった。小さな顔に不釣り合いの、大きな眼鏡。綾の知っている顔だった。

「久《きゅう》じゃん」

肩を叩くと、井上《いのうえ》久は驚いた顔で「や、やあ」と言った。

久とはこれまでほとんど会話を交わしたことがなかった。クラスでも目立つ存在ではなく、みんなの前で口を開くことはめったになかった。

綾が久について知っているのは、頭がいいことと、正直者だということ、この二つだけだった。

あるテストで、久は百点を取った。ところが久は解答用紙を先生のところへ持っていき、誤った答えに丸がついていると指摘したため、百点だった点数が減点されてしまった。久は残念そうなそぶりを見せず、当然のような顔で席に戻っていった。綾は、バカ正直さに呆れるのと同時に、久にとってはテストで百点を取るというのは珍しいことじゃないんだろうな、と思ったのだった。

「あ、その袋」

久は綾が手にしているCDショップのレジ袋に目を留めた。

「さっきCD買ってきたんだ。『ダイニング・レコード』って店知ってる?」

綾はのちに「ダイレコ」という略称で親しまれることになる、店の名前が入った袋を掲げた。

「まあ、一応。変な名前の店だよね」

「あの店ができる前は『ダイニング吉野』っていうご飯屋さんだったよね。看板を全部変えるのがめんどくさくて『ダイニング』の字をそのままにしたんじゃない?」

「きゅう」というあなたの名前だって変だよ、と内心思いながら綾は説明した。

「CD買いに来たの？」

「いや、暇だったから本屋で漫画の立ち読みをしに来たんだけど、ついでにCDも見ようかなと思って」

「ふうん、久は好きな歌手いるの？」

久がCDショップにいるのは意外だった。ガリ勉タイプの子だと思っていたので、音楽に興味を持っているようには見えなかった。

ところが、久は途端に饒舌になった。

「PUFFYやサザンが好きかな。新曲が出たら必ず聴いてる。あとは安室奈美恵も好きだね。子どもを産んでしばらく休んでたけど、この間紅白で復帰したね」

「久って音楽よく聴くの？」

「お父さんの影響でね。特にサザンはお父さんが大好きで、よく一緒に聴いてる。家には今まで出したサザンのCD、全部そろってるんだ」

「すごいね。私の親なんて昔の古くさい曲ばっかり聴いてるから全然話が合わないんだ。久のお父さんみたいな人が親だったらよかったのに」

「そうかなあ。いつも変なダジャレばかり言ってる、おかしなお父さんだよ」

「最近お薦めの曲はある？」

綾が尋ねると、久は目の前の棚から一枚のCDを手に取った。

「宇多田ヒカル？　初めて聞いた」

『Automatic／time will tell』というのがCDのタイトルだった。両A面というやつだ。

「これがデビュー曲らしいんだけど、すごくいいんだ。今までの音楽と何かが違う気がする。お薦めだよ」

久は興奮気味に語っていた。それから、興奮していたことに恥ずかしくなったのか、

「まあ、興味があったら聴いてみて」とうつむいて言った。

綾は久の手からCDを取った。

「わかった。買う」

「え？」

分厚い眼鏡の奥で、久の目が大きく開いていた。

「久がそんなに言うんだったらいい曲に間違いないよ。帰ったらさっそく聴いてみる」

ふだんおとなしい久をここまで興奮させる曲がどんなものなのか、興味があった。さっき一枚しか買わなかったから、お金にはまだ余裕があった。

「学校が始まったら感想言うね」

会計を済ませ、同じ場所に立ち尽くしている久に手を振った。久は口をぽかんと開いたまま、綾に合わせるように手を振り返してきた。

一ヵ月後、宇多田ヒカルの名は全国にとどろいていた。

デビュー曲は日を追うごとにテレビで注目されるようになり、早くも二枚目のシングルと、アルバムの発売が発表されていた。

初めてCDを再生させたとき、正直戸惑った。決してとっつきやすい曲ではなかった。今まで味わったことのない独特のリズムと特徴的な歌い方に、すぐには慣れなかった。だけど繰り返し聴いているうちに、それがだんだん格好いいものに思えてきた。久の言っていた「今までの音楽と何かが違う」という言葉の意味が、子どもながらに何となくわかるようになっていた。一月中旬に新学期が始まると、綾はすぐに曲を気に入ったことを久に伝えた。「教えてくれてありがとう」と礼を言うと、久ははにかみながら「好きになってくれてよかった」と言った。

「綾ってすごいよね、話題になる前から宇多田ヒカルのこと注目してたもんね」

休み時間、麻子が言った。麻子とは、一年前から通い始めた塾が一緒だったことがきっかけで友達になり、よくお互いの家に遊びにいく仲になった。冬休み中も麻子が家に遊びに来て、そのときに宇多田ヒカルのCDをカセットテープに録音させてあげたのだった。

「宇多田ヒカルって知ってるぞ。こんなやつだろ?」

隣の席にいた、クラスのムードメーカーである祐樹《ゆうき》という男子が、中腰になって上半身を揺らし、プロモーションビデオのまねをした。祐樹も同じ塾に通っていた縁で仲よくなったが、彼は半年前に「塾なんて行っても意味がない」と豪語して辞めてしまった。祐樹が体をくねらせる様子を見たクラスメイトたちがいっせいに笑い、綾も笑いながら「もう、バカじゃないの」と突っ込んだ。

「次に出るシングル買いたいなあ。でもお金ないんだ。お年玉は全部貯金させられたから」

麻子が言うと、祐樹が「マジで？　ケチくさい親だな。俺なんてプレステのソフト買いまくったぜ」とふたたび会話に入ってきた。

「今度、地域振興券ってのが二万円出るんだろ？　あれ、子どもがもらえるんだよな？それで買えばいいいんじゃねえ？」

「バカだね。あれは子どものいる家庭に配られるってだけ。私たちが全部自由に使えるわけないでしょ。どうせ親のものだよ」

麻子が冷淡に言い返すと、祐樹は「なんだ、そうなのか」とつまらなそうに言って離れていった。

「ねえ、麻子。地域振興券って何なんだろうね。どうして急に二万円ももらえることになったんだろう」

「景気が悪いからでしょ」

「ケーキ？」

綾が首をかしげていると、麻子が「あ、そうだ」と声を上げた。

「図書室に本返しに行きたいんだけど、ついてきてくれない？」

麻子に頼まれ、二人で暖房の効いていない廊下を早足で歩いた。

図書室では十人程度の児童が静かに本を読んでいた。返却カウンターには真太郎の姿があった。

「真太郎って図書委員だったんだ。本なんて全然読まないくせに」

綾がからかうと、真太郎が頬をふくらませた。

「俺だって嫌だったよ。委員決めのじゃんけんで綾に負けたから俺が図書委員になったんじゃないか」

麻子が本をカウンターに置いた。返却手続きをしている間、綾は近くの席で熱心に読書をしている、分厚い眼鏡をかけた男子の元へ向かった。彼の姿は、部屋に入ってすぐ、視界の隅で捉えていた。

「何読んでるの？」

声をかけると、久は顔を上げた。

「ええと、小説」

久が本の背表紙を向けてきた。

「さっき、麻子に褒められちゃった。話題になる前から宇多田ヒカルに注目してたなんてすごいね、って。ほんとは久に教えてもらっただけなんだけどね。内緒だよ」

人差し指を口元に当てると、久は素直にうなずいた。

「他にもいるんじゃない？」

「え？」

「久が注目してる歌手。宇多田ヒカルみたいなすごい人、誰かいない？」

訊くと、久は腕を組み、真剣な口調で考え込んだ。

「浜崎あゆみとか、椎名林檎あたりかな」

「浜崎あゆみは聞いたことあるけど、椎名……りんご？　変な名前だね。そんな人いるんだ」

「『ここでキスして。』っていう曲を最近出したんだけど、結構いい曲だと思う」

「キスして」なんて、急に何を言い出すのかと仰天しかけたが、どうやら曲名だったようだ。胸をなでおろしながら「そうなんだ。今度聴いてみる」と答えた。

「綾、行こう」

麻子に呼ばれ、綾は一緒に図書室を出た。ふたたび冷気が身を包んだ。

「久と話すなんて珍しいね。何の話してたの？」

「もう一度麻子にすごいと思われるための作戦会議」

「え、どういうこと？」

「嘘、何でもない」

「もしかして私に隠し事してる？」

「そんなことないよ。そうだ、もうすぐバレンタインデーだね」

麻子は「今話そらしたでしょ」と綾の浅はかな思惑をあっさり見抜き、それでも「そうだね、そろそろ考えないと」と話に乗ってくれた。

「今年は誰にチョコレートあげようかなあ。綾はやっぱり祐樹にあげるの？」

「へ、何で？」

「祐樹と仲いいじゃん。席も隣だし。二人は両思いなんじゃないかって噂してる人もいるよ」

「そんなんじゃないよ。祐樹にわたすとしても、ただの義理チョコだよ」

「何だ、つまんない。そういえば、綾の好きな人って今まで聞いたことない」

「だっていないんだもん」

嘘ではなかった。恋愛がテーマの曲をたくさん聴いているのに、恋をするという感覚を、綾はまだ味わったことがないのだ。

「今年は十四日が日曜日だよね。こういう場合は月曜日にチョコレートあげたらいいのかな？」

麻子が尋ねてきた。

「そうなんじゃない？　わざわざ十四日に男子の家を回るのも嫌だし」

「そうだね」

麻子がうなずいた。「綾はいつもチョコレート作るの？」

「料理は苦手なんだ。スーパーで買うつもり」

「実は私も。作るのめんどくさいし」

五時間目の理科の授業中、いちばんうしろの席に座っていた綾は、教室を見わたしながら、今年は誰にチョコレートをあげようか考えていた。授業はほとんど聞いていなかったが、何の支障もなかった。先生は授業中に勉強と関係のない雑談をするのが好きな人で、このときも、クジャクの羽はなぜ大きいのか、という雑学を披露しているところだったのだ。

まず、廊下側の席であくびをかみ殺している真太郎に目を留めた。真太郎は男子の中ではよく話す方だし、去年もチョコレートをあげている。今回もあげよう、と決めた。

それから、隣でノートに落書きをしている祐樹に視線を合わせた。祐樹にはいつも笑わせてもらっているから、チョコレートをあげよう。だけど、祐樹はクラスの人気者だから、綾以外にもたくさんの女子がチョコレートをあげるだろう。綾がプレゼントしても、祐樹はその事実をいちいち記憶していないかもしれない。それって何だかつまらない、と思いながら祐樹から目を離すと、いちばん前の席で、今度はカッコウがどうやって子どもを産むのかを説明する先生の話を熱心に聞いている久の姿が目に入った。

綾は小さく手を叩いた。

そうだ、久にチョコレートをあげよう。久は女子の会話の中で名前が上がるタイプの男子ではないから、きっとチョコレートをもらった経験はほとんどないだろう。綾がプレゼントしたら、びっくりしてくれるに違いない。

授業が終わり、そのまま帰りの会に移行した。さようならの挨拶をすると、麻子が二人の友達と一緒に綾のところまで来た。

「綾、帰ろう」

「うん！」

綾は勢いよく立ち上がった。

「どうしたの？　元気だね？」

「そうかな？」

久にチョコレートをあげることを思いついた瞬間から心が一気に明るくなったことに、このときの綾は気づいていなかった。機嫌のいい自覚のないまま、「私たちはバレンタインデーにチョコレートあげるのに、ホワイトデーにお返しをくれる男子がほとんどいないのは不公平だよね」と愚痴を言いながら帰途に就いた。

日曜日にスーパーでチョコレートを買い、翌日の十五日、ランドセルに忍ばせて登校した。

さっそく、祐樹が女子からチョコレートをもらっている光景に出くわした。

「おはよう、私もチョコ持ってきた」

祐樹に差し出すと、「マジで？　わりいな」と言いながら、さほど感激した様子もなくチョコレートを受け取った。

それから遅刻ぎりぎりで教室に駆け込んできた真太郎にあげ、久の分だけが残った。

ところが、この一個がなかなかわたせなかった。久は休み時間も一人でいることが多いから、チャンスならいくらでもあった。だけど、久にチョコレートをわたす姿を周囲に見られることが、なぜか恥ずかしかった。力の入った本命チョコならともかく、義理チョコはみんな教室内で気軽にわたしている。綾だって祐樹と真太郎にはみんなの視線がある中でわたせた。それなのに、久にだけは同じことができない。休み時間になるたびに、今度こそと思って椅子から腰を浮かしかけるのに、立ち上がることができず、結局友達と会話して過ごすということを繰り返した。

すべての休み時間が終わり、六時間目の授業になった。社会のテストが返却され、百点を取った児童が発表された。三人いて、その中の一人は久だった。さすが久だ、という賞賛の空気と、いつものことだよ、という白けた空気が同時に生まれた。注目されていることに居心地悪そうにしている久を見ながら、チョコレートをわたせずにいることに焦りを感じていた。

「綾、何点だった？」

隣から、祐樹が綾のテスト用紙を覗き込んできた。

「ちょっと、見ないでよ」

綾はとっさに用紙を隠したが、祐樹は「見ちゃったもんねー」とおどけた。綾は唇を嚙みながら「72点」と書かれた点数欄に目を落とした。

「ひどい点数だなあ。塾行く意味ねえじゃん」

「うるさいな。祐樹は何点だったの？」

「綾よりはいい点だよ」

「見せてよ」

「やだよーだ」

「おい、そこの二人、静かにしなさい」

先生の太い声が飛んできた。綾と祐樹が口を閉ざすと、先生は「ところで、最近リストラが増えてるというニュースをやってるけど、リストラの正式名称って何だかみんな知ってるか？　ちょっと間抜けな名前なんだ」といつもの雑談を始めた。授業で関係ない話ばかり聞かされるから成績が伸びないんじゃないか、と先生に八つ当たりして、そんなことよりチョコレートをどうしようと考えていた。

チョコレートをわたせないまま、帰りの会が終わった。久はすぐに立ち上がり、教室を出て行った。

「帰ろっか」

いつものように麻子たちが近づいてきたので、ランドセルを背負い、麻子たちについていった。

「麻子はチョコレート誰にあげたの？」と尋ねる女子に、「実は今年は買わなかったんだ。明後日宇多田ヒカルのシングルが発売されるから、お金貯めておこうと思って」と答えるのを聞きながら、ランドセルの底に眠ったままのチョコレートのことを考えていた。

やっぱり、このまま帰っちゃダメだ。綾は意を決して口を開いた。

「そうだ、今日用事あって急いで帰らないといけないんだった。ごめん、先に行くね」

「え、そうなの？」

突然のことで目を丸くしている麻子たちに何度も謝り、綾は急ぎ足で昇降口へ向かった。靴箱には久の上履きがあった。もう外に出てしまったらしい。

他の児童たちを小走りで追い抜きながら、久の姿を探した。門を出て左右を見わたすと、はるか遠くに、久とおぼしき男子のうしろ姿があった。綾は全力で久を追った。

「久！　ちょっと待って！」

綾がさけぶと、振り向いた久が驚きの表情を浮かべていた。追いついた綾は足をゆるめ、乱れた呼吸を整えようと努めながら久に並んだ。

「あの……どうしたの？」

「もう少し歩いたところに公園あったよね？　そこでいったん休ませて。話はそれから」

大きな公園の片隅に東屋があったので、そこに腰掛けた。ランドセルを肩から下ろすと、一気に体が楽になった。

「はい、これ」

怪訝そうにしている久の前に、チョコレートを差し出した。「久にあげる」

それからの久の表情の変化は見物だった。久は、幽霊でも見ているのかと思うくらい目と口を大きく開いて驚愕した。それから頬を真っ赤に染め、恥ずかしそうにうつむいた。

「いらなかった？」

綾がわざとチョコレートをしまおうとすると、久はあわてて首を横に振り、おそるおそる手をのばしてきた。

「ほんとにいいの？」

「歌手のこといろいろ教えてくれたからね、そのお礼だよ」

宝石がそこにあるかのように、久は手のひらに載ったチョコレートに見入っていた。

初めてもらうんだろうな、と彼の様子を見て思った。

「真太郎と祐樹にもあげたけど、こんなに驚いてくれたのは久だけだよ」

綾が言うと、久は弱々しい声で「そうなんだ」と答えた。

「久がこの間言ってた椎名林檎、CD借りて聴いたよ。いい曲だった」

「そうだよね。きっとこれから人気出てくると思う。今度、『無罪モラトリアム』っていう初めてのアルバムを出すんだって」

「久ってほんとに音楽のこと詳しいよね。CD何枚持ってるの？」

「ほとんど持ってない。あまりおこづかいもらえないから、めったにCD買えないんだ。親のCDを一緒に聴くか、レンタルしてテープに録音することが多いよ。ほんとは買いたいCDがたくさんあるんだけど」

「ジャスコで会ったとき宇多田ヒカルのCD見てたけど、それも買ってないの？」

「うん。来月出るアルバムもほんとはほしいんだけどね」

ため息をつきながら久がランドセルにチョコレートをしまった。教科書やノートの隙間から、返却された社会のテストが見えた。

「久っていつもテスト百点だよね」

「うん……」

「頭よくてうらやましい。塾に行ってるの？」

「いや、一人で勉強してる」

「塾行ってないのに成績いいんだ。家では毎日勉強してるの？」

「そうだね」

「私、塾行ってるのに全然成績よくならないんだ。祐樹にバカにされちゃった。あいつ、塾辞めたのに私より点数いいみたいなんだ。祐樹もすごいよね、頭がよくてスポーツもできて、みんなからも人気があって、これでバカっぽいところがなければもっといいのに……あれ、どうしたの？」

綾が文句を言っている間、久はずっとうつむいていた。体調でも悪くなったのかと心配になっていると、久が地面に目を落としたままつぶやいた。

「家にはお金がないから」

「え？」

「リストラクチャリング」

突然、久が呪文のような言葉を発した。

「はあ？」

「リストラだよ。さっきの授業でも先生言ってたじゃん。僕のお父さん、リストラに遭ったんだ。いろいろ大変で、塾も行けないし、お小遣いもお年玉ももらえなくて。だからこそ、僕の成績が悪くなると親が心配するから、勉強頑張らないと」

久は目を伏せたまま、早口で言った。

リストラという言葉に聞き覚えはあったが、言葉の意味を綾は知らなかった。リストラが増えてる、と先生はたしかに言っていたけど、それに続く話を綾は聞いていなかったし、ニュース番組は『めざましテレビ』の芸能ニュースしか観ない。総理大臣が誰なのかも、綾は知らなかった。

だけど、リストラが何なのか、久に尋ねることはできなかった。久の顔は強張っていて、そんな質問をできる雰囲気ではなかった。

「そうなんだ。大変だね」

深刻そうな久を前に、綾はそれしか言えなかった。おかしな雰囲気のまま、久と別れて家に帰った。

「ねえ、お母さん。リストラって何？」

ソファーでお菓子を食べながら、部屋の掃除をしている母に尋ねた。

「どうしたの急に？」

「久っていう男子が、お父さんがリストラになって大変だって言ってたんだけど、リストラっていうのが何のことだかわからなくて。最近リストラが増えてる、って話も聞いたんだけど、そうなの？」

「そうね……」

母は顔を曇らせ、モップを壁に立て掛けてソファーの端に座った。

「たとえば、綾のお父さんは今ホームセンターで働いているでしょう？　ホームセンターにはお客さんがたくさん来て、物を買って、お金を払う。そうやって稼いだお金から、お父さんや他の働いている人たちに給料を払う。お父さんはそのお金を使って、今住んでいる家を買ったり、毎日の食べ物を買ったり、綾におこづかいをあげたり、塾のお金を払ったりしてる」

「わかってるよ、それくらい」

「でも、お客さんが来なくなったらどうなる？　物が売れなくなるからお店が儲からない。働いている人たちの給料が払えなくなってお店がつぶれちゃう。困るよね。だから、お店の偉い人は、働く人の何人かをクビにして、払う給料を少なくするの。これがリストラ。久君のお父さんは、会社を辞めさせられたの」

「え、それって大変なことなんじゃ……」

「そう。仕事がなくなったら、当然お金を稼ぐために別の仕事を探さないといけない。

だけど、今は同じように働いている人を辞めさせる会社が増えてきたから、新しい仕事を見つけるのも簡単じゃないの」

「見つけられなかったらどうなるの？」

「給料がもらえないから、子どもにおこづかいはあげられないし、食べる物も満足に買えなくなる。住む家だって追い出されるかもしれない」

「やばいじゃん！」

立ち上がりそうになる綾を見て、母は「ごめん、ちょっと大げさだった」と言って綾の肩に手を置いた。

「実際にはそこまで追いつめられることは少ないと思う。安い給料でよければ仕事はたくさんあるだろうし、もし本当に何の仕事にも就けなかったとしても、手を差しのべてくれる人はいるはずだから。でも、もう生活ができなくなるかもしれない、って怯えながら新しい仕事を探している人がたくさんいるのは事実」

「どうしてお金を儲けられない会社が増えてきたの？」

「難しい質問するね」

母は苦笑いを浮かべた。「何がきっかけなのかはお母さんにもうまく説明できない。私たちの持っているお金が減った。だからお金を使わなくなった。だから会社の儲けが少なくなった。だから会社は働く人の給料を減らしたり、辞めてもらったりした。だからますます私たちの持っているお金が減った。これが延々と続いてる」

「それじゃあ、いつまで経ってもよくならないじゃん」

「これが、景気が悪い、っていう状態なの」

以前、麻子が同じセリフを言っていたことを思い出した。

「綾は、地域振興券のことは知ってる？」

「うん。この間テレビで見た」

「地域振興券を配ることにしたのは、この状態を変えようとするためなの。私たちのお金を増やして、買い物をしてもらって、お店の儲けを増やして、働く人たちにたくさん給料をあげられるようにしよう、ってこと。うまくいくかはわからないけど」

「そういうことだったんだ」

「だから、綾は塾に行くのを嫌がっているけど、塾に行けるお金があるっていうのは、当たり前のことじゃないんだよ。感謝してとは言わないけど、それだけはわかってくれたらうれしいな」

「うん、わかった」

「それから、綾は久君って子と仲いいの？」

「最近よく話すようになった」

「久君、毎日不安だろうから、助けになってあげて。特別なことをする必要はないけど、もし綾に悩みを打ち明けるようなことがあったら、ちゃんと聞いてあげてね」

綾がうなずくのを確認して、母はふたたびモップを取って掃除を始めた。

久のことを考えた。いつも無表情で淡々としているように見えたけど、そんなに大変な状態だったなんて思ってもみなかった。

綾が久の立場だったら、勉強どころじゃなかったに違いない。だけど久はふだんと変わらず学校に来て、まじめに勉強している。見かけによらず心の強い人だったんだ。

久への敬意が、胸の中で育っていった。


CDの盗難事件が発生したのは、その翌週のことだった。

麻子が、宇多田ヒカルの新曲『Movin' on without you』を学校に持ってきて、友達に貸した。だが、帰りの会までの間に、そのCDがなくなっていたのだ。

「私、ちゃんとランドセルに入れたんだよ。ほんとだよ」

泣きそうになりながら訴える女子を、麻子は「わかってる。きっと誰かが盗んだのよ」となだめていた。

「どうする？　先生に言う？」

綾が訊くと、麻子は首を横に振った。

「一人一人持ち物検査してくれるなら先生に言うけど、たぶんそこまではしてくれない。

逆に、どうしてCDを学校に持ってきたんだ、って怒られちゃうよ」

綾たちは肩を落として学校を後にした。

その一週間後、今度は別の女子が学校に持ってきた、GLAYの『Winter, again』が盗まれた。被害に遭った女子は先生に報告し、急遽学級会が開かれることになった。

学級会の間、綾はずっと久の後頭部に疑いの視線を向けていた。

CDを盗んだのは久なんじゃないだろうか？

この日、三時間目の体育の授業中、久がトイレに行きたいと言って体育館を離れるところを偶然目撃したのだ。トイレに行くというのは嘘で、本当はCDを盗むために教室に戻ったのかもしれない。久は音楽が好きなのに、父親がリストラに遭ったせいでお小遣いがもらえず、CDを買えない。CDを持っているクラスメイトをねたんで、盗んでしまったんじゃないだろうか。

久がそんな悪いことをするはずがない、という思いと、久の境遇を考えるとありえるかもしれない、という二つの意見を頭の中で戦わせながら、人の物を盗むのがいかに卑劣な行為なのか、という先生の話を聞いていた。

「最後に言っておくけど、CDのような、勉強に関係のない物は、学校に持ってこないように。いいな？」

先生が言って、麻子の想定どおり犯人探しはしないまま学級会が終わった。

三月に入ると、世間は二枚のCDの話題で持ちきりとなった。三日に発売された『だんご3兄弟』と、十日に発売された宇多田ヒカルのアルバム『First Love』だ。そして、よせばいいのに、発売日から五日後の十五日、クラスメイトの男子が学校に『First Love』を持ってきたのだ。

「昨日ダイレコで買ってきたんだ！」

見せびらかすクラスメイトに、祐樹が「昨日？ 遅いな。俺なんて発売日に買ったぞ」と言い返していた。

綾はとっさに久の席に目をやった。CDを自慢しているクラスメイトを凝視する久の姿に、綾は危うさを覚えた。まずい。このままだと、久がふたたび盗みに手を染めてしまうかもしれない。

綾が危惧していたことが、三時間目の体育の時間に起こった。

「先生。トイレに行ってきてもいいですか」

他のチームがバスケの試合をしている間、久が先生の元へ近寄っていくところを、綾は見逃さなかった。

「この間も授業中にトイレに行ったよな。ちゃんと休み時間中に済ませておくように」

先生は久を叱りながらも、トイレに行く許可を出していた。

「すいません、私もトイレ行きたいです！」

久が体育館を出て行くのを見送ってから、綾も立ち上がって先生のところへ駆け寄った。先生が渋い顔でうなずくのを確認して、早足で体育館を出た。

やはりCDを盗んだ犯人は久だった。そして、さらに罪を重ねようとしている。

母に、久の助けになってあげてと言われた。今がそのときだ。久がこれ以上悪事を働かないよう、自分が止めてあげなければいけない。使命感に突き動かされ、綾は階段を駆け上がった。

三階まで上がり、教室で授業をしている先生たちに目をつけられない程度に早歩きした。綾たちの教室の手前まで来たところで、教室の中央を歩く久のうしろ姿が見えた。

「久！　ダメ！」

教室に入ると、振り向いた久が顔を強張らせ、右手を背中に隠した。

「持ってる物、見せて」

久は首を横に振る。

「隠さないで。何持ってるかわかってるんだから」

綾が迫っても、久は右手を背後に隠したままだった。往生際の悪い姿に悲しみを覚えながら、綾は強引に久の手を引っ張った。

「……え？」

久の右手には、クッキーの入った袋が握られていた。

「えっと、ごめん。これ、何？」

見上げると、久の顔が赤くなり、額から汗が噴き出していた。

「これ、あげる」

「へ？　私に？」

わけがわからないまま、綾はクッキーを受け取った。

「あの、どういうこと？」

「……今日、ホワイトデーだから。いや、本当は昨日だけど、昨日は日曜だったから今日わたそうと思って」

あらためて日付を確認すると、黒板に「三月十五日　月曜日」と書かれていた。

「えっと、よくわからないんだけど、トイレ行くって嘘ついて教室に来て、そのクッキーをどうしようとしたの？」

「綾の机の中に入れようと思って」

「そんなことしなくても、直接わたしてくれたらいいのに。驚かせようとしたの？」

「いや、そういうわけじゃないんだけど」

真っ赤になった顔を床に落とし、そのまま久は固まってしまった。その反応を見て綾は察した。久はきっと、直接クッキーをわたすのが照れくさかったのだ。

「ありがとう。バレンタインのお返し持ってきてくれたの久だけだよ」

礼を言うと、久は顔をふさいだまま小さくうなずいた。久の気持ちが伝染してきて、綾まで照れくさくなってきた。

「もう、こんなやり方しないで堂々とわたしてくれたらいいのに。宇多田ヒカルのCD盗もうとしてるんじゃないかって疑っちゃったじゃない」

「ええ？　僕がそんなことするわけないじゃん！」

久はあわてて顔を上げた。

「そうだよね。疑った私がバカだった。ごめん」

「いきなり呼び止められて、心臓が飛び出すかと思った」

と言って、久は体操着のポケットからハンカチを出し、眼鏡を取って額の汗を拭った。

初めて久の素顔を目の当たりにした瞬間、綾の胸が大きく弾んだ。

「どうしたの？　びっくりした顔してるけど」

「ううん、何でもない」と答えながら、眼鏡を外した久ってこんなに綺麗な顔してるんだ、と驚いていた。

眼鏡をかけ直してからも、胸の鼓動は止まらない。思い切り走ったときの心臓の乱れとは明らかに違った。苦しいはずなのに、決して不快ではなかった。

「でも、『First Love』持ってるのはうらやましい。僕もほしいなあ」

一緒に体育館へ戻る途中、久が言った。

「ファーストラブ……」

久の横顔を見ながら綾はつぶやいた。自分が初めての恋をしていることに、綾はようやく気がついた。

ＣＤを盗んだ犯人は祐樹だった。

六時間目、クラスメイトたちが図工室に移動したあとで一人教室に残り、『First Love』を持ってきた男子のランドセルを開けているところを、通りかかった他のクラスの先生に見つかった。

祐樹の父親は、半年前、ちょうど祐樹が塾を辞める少し前に会社をリストラされていた。いまだに新しい仕事を見つけられず、祐樹はお小遣いも親からのお年玉もろくにもらえない状態が続いているという、久とそっくりの境遇だった。ＣＤを買う余裕のあるクラスメイトたちを妬んだがゆえの行いだった。お年玉でゲームをたくさん買った話や、『First Love』を発売日に買った話は、すべて見栄を張ろうとしての嘘だったそうだ。テストの点数も、実際より高めの数字をまわりに告げていたらしい。

もっとも、このときは祐樹が犯人だったという事実は綾たちには明かされず、ＣＤは先生から持ち主に返却された。九年後、成人式後の同窓会で祐樹が告白したことで、初めて綾は真相を知った。

だから、放課後、CDを盗られた麻子が先生に呼び出された理由を、この日の綾は知らなかった。一緒に帰る他の友達は二人とも風邪で欠席していたから、綾は帰る相手がいなくなった。寂しいな、と思っていると、一人で教室から出て行く久の姿が目に入った。

そうだ、と思い、ランドセルを背負って久のあとを追った。

「ねえ、久。一緒に帰らない?」

廊下で声をかけると、久は驚いたような表情を浮かべてから、「いいよ」と言ってはにかんだ。

「ごめんね、今日は早とちりしちゃって」

雪がちらつく道を歩きながら、あらためて謝った。「それから、クッキーありがとう。おこづかいもらえないはずなのに、わざわざ用意してくれて、うれしかった」

「チョコレートくれたんだから、お返しするのは当然だよ」

当然、と言い切れる久を好ましく思った。

「結局『First Love』はどうするの? レンタルして録音する?」

「レンタルするしかないね。ほんとはCDを買いたいんだけど」

悔しそうな久を見ていると、彼の望みを叶えてあげたくなってきた。自分の手で、久を喜ばせたい。財布には、三千円以上入っているはずだ。綾も借りて録音できるから、一石二鳥じゃないか。

「ねえ、これからダイレコ行かない？」

「え？」

「『First Love』買おう。特別に、プレゼントしてあげる」

綾は「ダイニング・レコード」のある道に向かって足を踏み出した。

「ジャスコでもよくない？　僕、そっちの方が好き」

「ここからだとダイレコの方が近いよ。さあ、行こう」

「いいよ。悪いよ」

「悪くないよ。ホワイトデーのお礼だから」

「いや、これはバレンタインのお礼じゃないか。これじゃあ延々と物を贈り続けることになる」

「いいから買いに行こうよ」

「そんなことしなくていいってば」

綾を引き留めようとして、久は綾の腕を思い切り引っ張った。腕に痛みが走り、腹を立てた綾は久の手を振り払った。

「痛いなあ！　何するのよ！」

綾が抗議すると、久が大きな声で言い返してきた。

「行かないって言ってるだろ！」

「何よその言い方」

頭に血が上り、綾は唾を飛ばして怒鳴り返した。「買ってあげるって言ってるのにどうして怒鳴られなきゃいけないの！」

「だから買ってもらわなくていいってば！　何回言えばわかるんだ！」

無礼な物言いをされて、とうとう堪忍袋の緒が切れた。

「もういいよ！　久のことなんて知らない！　バーカ！」

さけび声をぶつけ、久を置いて自宅に向かった。久は追いかけてこなかったし、綾も振り向かなかった。

「意味わかんない」

荒い足取りで歩きながら、地面に向かって吐き捨てた。お金がなくて苦しい生活を強いられている久に、CDを買ってあげたら喜んでくれると思っていたのに、機嫌を損ねられるなんて想像すらしていなかった。苛立ちが収まらず、綾は積もった雪をすくって雪玉を作り、近くの電信柱に向かって思い切り投げつけた。

その後、久とは疎遠になった。翌月、クラス替えで久と離れると、彼を思い出すことすらなくなった。

＊

「あっという間の初恋でした」

と言って、綾は梅酒を口に含んだ。「当時は彼が怒る理由がわからなかったんですけど、今はわかります。久のプライドを傷つけたんです、きっと。頭のいい子だったから、貧乏な久のためにお金を持っている私が恵んであげよう、っていう傲慢なやさしさを見抜いたんでしょうね」

「なるほどね」

みひろがしみじみとうなずいた。「安易な同情は人を傷つける、というのは、ある程度成長してからじゃないとわからないものなのかもね」

みひろは納得していたが、今回も横から声が飛んできた。

「いえ、そういうことではないと思います」

いつものように、男性が猫背の上体をこちらに向け、申し訳なさそうな顔で綾を窺っていた。

「え、うそ。違うんですか？」

「違う、とまでは言いません。あなたの推察どおり、同情されたくないという気持ちはあったのかもしれません。ですが、あなたの誘いに乗るわけにはいかない、もっと切実な事情が彼にはあったのです」

「事情って、どんな？」

「ハンディキャップ理論です」

身を乗り出して尋ねる綾に向かって、男性は静かに言った。「ある生物学者が、一部の動物が一見不要と思える進化を遂げたのはなぜなのかを説明するために提唱した理論です。その学者が言うには、動物、特にオスが自らにハンディキャップを背負わせる理由は、あえて自らハンディを背負い、そのハンディに負けない姿をメスに見せることで交尾を成功させ、自身の遺伝子を残すためなのだそうです」

「あの、全然意味がわからないんですけど」

「クジャクのオスは、なぜ大きな羽を持っているか、ご存じですか？」

考えようとして顎に手を当てかけたところで、綾は思い出した。

「あの、それって、先生が授業中にしていた話ですよね？」

「先生がどう説明したか、覚えていますか？」

綾は首を横に振った。そもそもあのときは先生の話を聞いていなかったのだ。

「先生はクジャクを例にとってハンディキャップ理論の話をしたのではないかと思うのです」

男性は説明を始めた。「クジャク、特にオスは大きな羽を持っていますが、もちろん空を飛べるわけではありません。それどころか、クジャクの羽は非常に重く、日常生活を送る上で不便なのです。では、大きな羽を持つことに何の意味があるのか。それは、メスへのアピールです。メスの気を引きたいときに、オスはふだん閉じている羽を広げるのです。その際、雄々しく美しい羽がメスを魅了すると説明することもできます。しかし、ハンディキャップ理論では、大きな羽というハンディキャップを背負いながらも生きていけるだけのたくましさが自分にはあるというメッセージをメスに送っている、と考えるのです」

「なるほど」とうなずいてから、綾は気がついた。

「ひょっとして、鹿のオスに角が生えている理由も一緒じゃないですか？」

オスの角は異性へのアピールのために存在していると聞いたことがある。

「そのとおりです。大きな角というハンディキャップを背負っても生きていける強さがあることをメスに見せつけている、ということですね」

男性はうなずきながら答えた。

「この理論が該当する場面は、人間社会にも存在します。たとえば二人の若者がいて、両者はまったく同じ能力を備えているとします。一人は裕福な家庭で育ち、親の支援によって、常に充実した教育環境に身を置くことができた。もう一人は貧しい家に生まれ、塾や予備校に行けない中でも努力を怠らず、能力を伸ばしてきた。この二人のうちどちらを高く評価するかと問われた場合、多くの人は不遇を自らの力ではねのけた若者を選ぶのではないでしょうか」

「そうですね」

「先生がどこまでこの理論について詳しい説明をしたのかはわかりません。たしかなのは、久さんが先生の話を参考にしてハンディキャップ理論を実践に移した可能性が高いということです」

「実践してたんですか？　いつ？」

「お父さんのリストラです。あなたにお父さんがリストラされたことを告げ、不幸な境遇にも負けずに日々を生きていることをアピールして、自分に注目してもらおうとしたのでしょう」

　ということは、久はやはり自分に恋心を抱いてくれていたのか。感慨にふける綾を、男性の言葉が遮った。

「嘘をついてまで、あなたに関心を持ってもらいたかったのです」

「嘘って、もしかしてリストラが？」

「嘘だったからこそ、久さんは『ダイニング・レコード』に行くのを断ったのです」

「どういうことですか？」

「もう一度言いますが、久さんは『ダイニング・レコード』に行くのが嫌だったのです。あなたにCDを買ってもらうことを嫌がったのではありません。その証拠に、あなたがCDを買ってあげると言った際、彼は最初にジャスコに行くことを提案しています。しかしあなたは『ダイニング・レコード』に行くと言い、この段階で初めて久さんはCDを買ってもらうことを断りました。彼には、あなたと『ダイニング・レコード』には絶対に行けない理由があったのです」

「何ですか、理由って」

「『ダイニング・レコード』は久さんのお父さんが経営しているお店だったのではないでしょうか」

「はあっ？」

綾はたまらず大声を出した。

「『ダイニング・レコード』、何度聞いてもおかしな名前です。元の店名を生かすためにつけた名前とあなたは推測されましたが、いくら何でも格好悪い、と私は思ってしまいます。しかし、この店名、実は別の由来があったのではないでしょうか。久さんは、お父さんが変なダジャレをよく言うと話していました。久さんの名字は井上です。こんななぞなぞを以前耳にしたことがあります。『井上さんの家は何のお店を開いているでしょうか？』」

綾はみひろと目を合わせた。お互い首をかしげるだけで、突然のなぞなぞに答えることができない。

「食堂です」

男性は言った。「『井上』を『胃の上』に変換するのです。胃の上にあるものは『食道』、漢字を変えて『食堂』、そして英訳すると『ダイニング』となります。つまり、一見珍妙なこの店名は、経営者の名字を店の名前に掲げるという、きわめてオーソドックスな命名法だったのです。お父さん一流のダジャレによって、不思議な名前になってしまいましたが」

「な、なるほど……」

「憶測ですが、久さんの名前も同じ発想でつけられた可能性があります。お父さんは、CDをすべて所持しているほど、サザンオールスターズが好きなんですよね。『サザン』から九九の『さざんがきゅう』を連想し、『久』という名前をつけたのかもしれません。『ひさし』と読ませずわざわざ『きゅう』という一般的ではない人名を選んだところに、お父さんの強い意図を感じます。そういう命名法が好きな方なのでしょう」

「はあ……」

何と言えばいいかわからず、綾は口を開いたまま呆然としていた。

「久さんはあなたに好かれたくて、お父さんがリストラに遭ったと嘘をついた。見栄を張った、と言ってもいいでしょう。本当にお父さんがリストラされた祐樹さんは、お金をたくさん持っているという見栄を張っていましたが、久さんは反対に、家庭が苦しいという境遇に負けずに頑張っている、というアピールをしたのです。公園であなたがチョコレートをわたした際、同じくチョコレートをあげた真太郎さんや祐樹さんの名前を出したとき、久さんは彼らに対抗心を抱いたのでしょう。特に祐樹さんはクラスでも人気者だったようですから、あなたを取られたくないと焦ったのではないかと思います。その証拠に、リストラの話を切り出したのは、あなたが祐樹さんを褒めた直後でした。直前の授業で先生がリストラの話をしていたのを思い出して、とっさに嘘をついてしまったのでしょう」

「あのおじさんが、久のお父さん……？」

いつもレジに立っていた、ひげを生やしたおじさんの姿を思い出した。言われてみれば、目元が久に似ていたような気がする。

「あっ！」

綾は思わず大声を上げた。「思い出した。あのおじさんの名札、『井上』って書かれてた」

「よく覚えてるね、そんなこと」

みひろが言った。

「だって、向こうに住んでいる間、数え切れないくらい通いましたから。久は私の態度に腹を立てたんじゃなかったんだ。二十年間、ずっと勘違いしてたなんて」

「それでは、私はそろそろ失礼します」

呆然としている綾をよそに、男性は支払いを済ませて入口へ向かった。丸まった背中が遠ざかっていき、店の外へ消えた。

「話聞いてたら、久君のこと好きになっちゃった」

男性が去ってから、みひろは微笑を浮かべた。「久君、女の子と接することに慣れてない子だったんでしょ？　きっと、異性に好かれる自信がなくて、だけど綾ちゃんには好かれたくて、必死だったんだろうね。テストに採点ミスがあったら、点数が下がるとしても正直に申告するような子が、綾ちゃんの気を引くために一生懸命嘘をついた。何だかほほえましいね。結果的にその嘘のせいで綾ちゃんと仲が悪くなっちゃって、すごく後悔しただろうね」

「でも、彼の嘘は、しばらくしてから現実になるんです」

地域経済の悪化と、ダウンロードで音楽を聴くことが主流になってCDの売り上げが落ちたことにより、「ダイニング・レコード」は二〇〇九年に店を閉めた。そして二年後の津波で、商店街ごと消え去った。

綾の話を聞いたみひろは、やるせなさそうに目を伏せた。

「不景気っていうのは、嫌なものだね。みんなを不幸にする」

やけに実感がこもった言い方だった。

「みひろさんも、大変な思いされたんですか？」

「実家がバブル崩壊のあと借金背負っちゃって、けっこう大変だった」

「そうだったんですか。それって、九〇年代の話ですか？」

「そうね。九〇年代はいろいろあった」

みひろが、空になった端の席に目を向けた。「彼とつきあってたのもそのころだった」

「えっ」

「いつも綾ちゃんの話を聞かせてもらうばかりというのも悪いよね。綾ちゃんの言うとおり、たまには私がお客さんを楽しませなきゃ」

みひろが笑みを見せた。「私と彼の話、聞く？」

Now Playing

第五章

Hello, Again

～昔からある場所～

1:87 2:49

テーブル席にいた客が店を出ていき、客は綾だけになった。背後から、バイトの子がグラスを片づける音が聞こえてきた。

「もう十時過ぎてるんだね。綾ちゃん、時間は大丈夫？　明日から仕事だよね？」

明日からまた長い一週間が始まる。これから始まるみひろの話を聞いてから帰ると、寝る時間はかなり遅くなってしまう。

だけど、綾は「大丈夫です」と即答した。

「みひろさんの話を聞かずに帰ったら、どんな話なのか気になって眠れなくなっちゃいます！」

「無理してまで聞くほどの話でもないんだけどね」

「いえ、私は興味津々ですよ。だって、みひろさんとあの人がつきあってるところが全然イメージできないですから」

「そうかなあ」

みひろは苦笑した。「当時は、私は今と違って痩せてたし、彼も色白でスマートだったよ。まあ、色白というより青白いって言った方がいいかもしれないけど」

「見た目の問題じゃないんですよ。二人が、というより、あの人が女性とつきあう姿が想像できない」

「まあね。センセイとつきあうことになったのを報告したら、大学の友達はみんなびっくりしてたから。あ、センセイっていうのが彼のあだ名ね」

「大学で知り合ったんでしたっけ？」

「ゼミが同じだったの。心理学のゼミに入っていて、彼は私の二学年上だった」

「そのころからつきあってたんですか？」

「いや、ゼミの先輩の結婚式で再会したのがきっかけでつきあい始めたの。一年ちょっとで別れちゃったけどね」

「私みたいにおかしな別れ方しませんでした？　私も、あの人みたいに失恋の謎を解いてみせますよ！」

「綾ちゃん、楽しそうだね」

みひろは苦笑いを浮かべた。「その必要はないよ。私たちの別れに謎は何もないの。私たちが別れたのは、単に二人とも未熟だっただけのこと」

さびしそうに言って、みひろは自分で作った水割りを飲み始めた。

「つきあい始めたのはいつごろのことなんですか?」

「平成六年、一九九四年の夏だね。私は二十六歳で、彼は二十九歳だった」

＊

七月、日本人女性が初めて宇宙に飛び立ったころの、とんでもなく暑い日のことだった。

披露宴会場で久々に見たセンセイは、あいかわらず姿勢が悪かった。みひろの隣のテーブルに背中を丸めて座り、ナイフとフォークを黙々と動かしていた。

「センセイって、今本当に先生やってるんだって」

同じテーブルに座る同級生が言った。大学の先生になりたい、とみひろたちが在学しているころから彼は将来の目標を語っていた。

「へえ、教授なの?」

別の同級生が彼女に尋ねた。

「まさか。非常勤講師らしいよ」

「非常勤って、要するにバイトみたいなもの? いい年した男がちゃんと就職しないってどうなんだろうね」

周りにいた人たちは「ほんとだよね」と、バカにするように笑った。大学の教員は、若いうちはみんなそんなものなのではないかと思ったけど、場の雰囲気を壊したくなくて、みひろは黙っていた。

「そういえば、みひろとこの間会ったとき、新しい彼氏見つけたって言ってたよね？今も続いてる？」

友人が、好奇心を露わにした顔で尋ねてきた。

「もう別れた」

「うそ？　どうして？」

「つきあいが長くなるにつれて彼の自分勝手なところがたくさん見えてきてね。嫌になっちゃったんだ」

披露宴が終わり、二次会の会場へ移動することになった。そこで、たまたま列の最後尾にいたセンセイと並んで通りを歩くことになった。

「お久しぶりです」

みひろがあいさつすると、センセイは「どうも」と言いながらハンカチを出して噴き出す汗を拭っていた。

「聞きましたよ。大学の先生になったんですってね」

「まだ非常勤ですけどね。あなたは今どうしてるんですか」

センセイは、昔から後輩に対してもなぜか敬語を使っていた。

「ＯＬです。あとはたまにバーテンダーのバイトをしてます」

「会社勤めしながらバイトもしてるんですか？」

「三十歳までに自分のお店を開きたいんです。修業も兼ねて、たくさん働いてお金を貯めようと思って」

「すごいですね」

センセイは少しうつむいた。「みなさん、社会で活躍されてるんですね。いまだに立場が安定しない僕にはまぶしくてたまらない」

「何言ってるんですか。私が自分の店を開くっていう目標を持つようになったのは、センセイのおかげなんですよ」

センセイは意外そうに顔を上げた。

彼は、昔から勉強熱心な学生だった。当時はバブル真っ只中で、大学生もかなり派手な暮らしをしていた。車を持ってる学生は珍しくなかったし、勉強そっちのけで遊び呆けている学生も多く、大学がレジャーランド化しているという批判の声も上がっていた。そんな中で、ほとんど遊ぶことなく学業に専念している彼は珍しい存在だった。センセイというあだ名には、あきらかに揶揄《やゆ》の意味合いが含まれていた。

「みんなが後先考えず浮かれている中で、その雰囲気に呑まれずに自分が好きなことに没頭して、将来の目標を決めているセンセイを見て、立派な人だなって思ってたんです。何となくで就職決めちゃいましたけど、私が好きなこと、本当にやりたいことって何だろうと考えて、お客さんの笑顔をたくさん見られるような飲食店を開こう、って決めたんです」

「そうだったんですか。そんな風に褒められたのは初めてです」

センセイは照れくさそうに言って、ふたたび額にハンカチを当てた。「それにしても暑いですね」

「二次会の会場、結構遠いみたいですね」

「僕は北国出身なので暑いのは苦手なんです。早くクーラーの効いたところでゆっくりしたい……あれ？」

センセイが、何かに気づいたように声を上げた。

前方の十字路を少し曲がったところに、困った顔で周囲を見わたしているスーツ姿の男性がいた。男性の近くを、二次会に向かうメンバーが続々と素通りしていく。

「声をかけてみましょうか」

「え？」

センセイが男性の元へ近づいていったので、みひろはあわてて後を追った。

「お困りですか？」

センセイが声をかけると、男性は眉を寄せた顔のままうなずいた。みひろより少し年上と思われる、眼鏡をかけた誠実そうな人だった。

「大事な書類が入った封筒を落としてしまったみたいで……」

「大変！　すぐ交番に行かないと」

みひろは急かしたが、彼は迷った様子を見せながら目の前のビルを指さした。

「このビルの四階にある会社に行くところだったんです。今日中にわたさないといけない大切な書類が入っているので、何としてでもすぐに見つけたいんです」

「どの辺りで落としたか、心当たりはありませんか？」

「近くの駅からここまで来る途中で公衆電話を使ったのですが、そのときに鞄から出したので、そのまま置いてきたのかもしれません。ただ、そのあと道に迷ってしまって、公衆電話までどうやって戻ればいいかわからないんです。一応、地図は持っているんですが……」

男性はポケットから地図を取り出しながら言った。

「そうですか……」

駅からこの地点まで、歩いて二十分近くかかる。見つけるのは一苦労だ、と半ば他人事のように考えていたそのときだった。

「じゃあ、手分けして探しましょう」

センセイが当たり前のように言った。

「いいんですか？」

男性が申し訳なさそうに、だけど体を前のめりにさせてセンセイとみひろを見る。みひろは「もちろんです」と言わざるをえなかった。

「いや、あなたは先に会場に向かってください。ヒールで歩き回るのは大変でしょうから」

センセイが言った。

「気にしないでください。私も行きます」

センセイと男性はみひろを二次会の会場へ行かせようと説得したが、みひろは頑として首を縦に振らなかった。センセイが一緒に探そうと言うまで、この男性に協力しようと少しも考えなかった自分が情けなかった。自分だけ会場に向かったら、余計みっともない思いを味わうことになると思い、絶対に封筒探しに加わるつもりでいた。

「すみません、僕のために。本当にありがとうございます」

やがて、男性が根負けしたように頭を下げた。「では、どのように手分けしましょうか？」

「地図を見せてもらえますか。だいたいどの辺りを歩いてきたか、わかる範囲で教えてください」

みひろが言うと、男性は歩いてきたと思われる範囲を指で囲った。それを元に、みひろは三通りのルートを提示し、それぞれ駅のある方向に歩きながら三十分後に駅前で落ち合おう、と提案した。もしそれでも見つからなかったら、駅前の交番に届け出ることになった。

封筒の特徴を教えてもらってから、みひろたちは三方向に分かれた。

暑い中、細い路地を歩きながら、みひろはセンセイのことを考えた。

センセイは昔から困っている人を放っておけないところがあった。ゼミに馴染めない子がいたら、いつもセンセイが率先して声をかけたり、ゼミの活動に興味を持てるような話をしてあげたりしていた。電車でお年寄りが目の前にいても平気な顔で座っている以前の恋人とは、正反対の人だった。

コンビニの前にあった電話ボックスの中にそれらしい封筒を見つけ、拾ってからはまっすぐ駅前に向かった。数分待っていると、男性が顔を輝かせて近づいてきた。

「それです！　助かった！」

男性が封筒の中身を確認していると、センセイも汗を拭きながら近づいてきた。

「あったんですね、よかった」

センセイは、自分のことのように喜んでいた。西日に照らされて輝くセンセイの横顔を、みひろはじっと見つめていた。

「こんなに暑い中、手伝っていただいてありがとうございます。ぜひお礼をさせていただけませんか」

男性が頭を下げながら言った。

「いえ、それには及びません。センセイ、急ぎましょう。二次会始まっちゃう」

「そうですね」

センセイが時計を見ながら言った。引き留めようとする男性に別れを告げながら、みひろたちは二次会の会場へ足を向けた。

しかし、みひろは途中で足を止めた。

「やめよう！」

突然声を張り上げたみひろを、センセイは怪訝そうに見つめた。

「足が痛くてもう歩きたくない」

「すいません、気が利かなくて。タクシー呼びましょうか」

「二次会、サボっちゃいません？」

「え？」

「この近くにずっと行ってみたいと思っていたバーがあるんですけど、一緒に行きませんか？」

センセイは驚いた表情を浮かべ、目を瞬かせていた。

「私とじゃ嫌ですか？」

センセイが驚いた顔のまま首を横に振ったので、彼を連れてバーへ入った。

彼との交際はこうして始まった。


週末はバーで働くことが多かったため、センセイと会うのはせいぜい一ヵ月に一、二回程度だった。たいてい、カフェで待ち合わせをしてから映画館へ行き、視察を兼ねて飲食店でお酒を飲み、センセイの家に泊まるというのが主なデートコースだった。二人きりで話すときの彼は、意外と饒舌だった。心理学の研究を専門にしているだけあって、彼の話は知的でわかりやすく、聞いていて飽きなかった。

一九九五年の一月も、二人は新宿の映画館近くにあるカフェで待ち合わせた。店内には、発売されたばかりの、ｔｒｆの『CRAZY GONNA CRAZY』が流れていた。

「最近、小室哲哉プロデュースの曲がはやってるね」

「こむろ……？　誰ですか、それは」

「あいかわらず流行に疎いね」

みひろは苦笑いを浮かべた。センセイはほとんどテレビをつけないらしく、唯一観るのは野球中継だった。イチローが年間二〇〇本安打を達成した話や、巨人対中日の10・8決戦の話をよくしていた。

「で、就職活動はどんな感じ？」

「難航してます」

彼は冴えない顔で語った。

センセイは非常勤講師をしながら、正規の教員になるため、さまざまな大学の採用試験を受け続けていた。しかし、このころ大学院の博士課程に進む学生が多くなっていたため、教員の志望者数が増えたらしく、なかなか採用が決まらなかった。

「来週関西の大学も受ける予定だったんですけど、地震で延期になってしまいました」

のちに阪神・淡路大震災と呼ばれる大きな地震が起こったばかりだった。

「センセイは優秀だから、腐らず頑張っていれば必ず報われるときがくるよ」

みひろが言うと、センセイの顔がわずかにほころんだ。

「みひろさんが言うと気休めに聞こえないから不思議です」

「気休めだなんて失礼だね。私はあなたのことをよく知っている上で言ってるんだから。センセイは今大変だと思うけど、私は何の心配もしてない」

「ありがとうございます。話を聞いてもらったおかげで、また頑張れそうです」

生気のなかったセンセイの目に光が宿った。

「みひろさんはどうですか。お店を開くための計画は順調ですか」

「冬のボーナスが結構出たんだ。もう一年半もあれば目標金額に届きそう」

三十歳までに自分の店を開きたい、という目標のために、大学卒業後も実家で暮らしていたし、派手に遊ぶこともせず、お金を貯め続けていた。

「それはすばらしい」

彼は自分のことのように喜んだ。「どんなお店にしたいですか。バーを開くんですよね」

「お洒落なバーにしたいから、内装にはこだわりたい。クラシック音楽が似合うような雰囲気にしたい。カウンターがあって、テーブル席が三つくらいあるような、こぢんまりとした店がいいな。料金はあまり高くなくて、誰でも気軽に入れる店にしたい」

「みひろさんもお店に立つんですか？」

「もちろん！　お客さんと直接話をするのが好きなんだ」

「お客さんの年齢層はどの辺りになるんでしょうね」

「どんな人が来てもうれしいけど、私は若い人にたくさん来てほしいな。若い女性がつらいことがあった日に、気を紛らすためにふらっと入れるような店にしたい。お酒を飲みながら自分と話をして、少しでも元気になってくれたら最高だよね」

「きっとみひろさん目当てのお客さんがたくさん集まります。みひろさんには、相手を元気づける不思議な力がありますから。大学生のころも、よく人の相談に乗ってましたよね」

センセイの言うとおり、友人から悩みを打ち明けられる機会は昔から多かった。みひろに励まされると元気になれる、とよく言われた。アドバイスをしたあとに、明るい声で「きっと大丈夫だよ」と添えると、その明るさが伝染したかのように、相手の顔に光が射すのだった。

「そのお店、僕も通ってもいいですか」

「そりゃあもちろん」

「僕はカウンターの隅に座って、お酒を飲みながら店がにぎわう様子をひっそり眺めていたいです」

「そうね……」

彼が語るのを、みひろは複雑な思いで聞いていた。自分たちが語るような未来が訪れたとき、二人の関係はいったいどうなっているのだろうか。どうなっていると、彼は想定しているのだろうか。

二十代後半から始まる恋に、結婚を意識しないはずがない。だけど、まだ不安定な立場の彼は、結婚のことは頭になさそうだった。

以前、二人で時計店の前を通ったことがあった。店頭のディスプレイに並ぶ高級な時計を見た彼が、ファッションには興味がないくせに、「いつかこんな時計を身につけてみひろさんの隣に並べたらいいのに」と言ったことがあった。自身の現状を気にしているのは明らかだった。

就職なんてどうだっていいじゃないか、とみひろは思っていた。近頃はフリーターという生き方を選ぶ人だって増えている。それに、社会で活躍する女性も多くなっているのだから、これからの時代、女性が稼ぎ頭になったって何もおかしくないはずだ。もちろん店がうまくいくかどうかはわからないし、景気が悪くなっているのも知っている。それでも、一生懸命やれば何とかなる。そう、みひろは信じていた。

この頃のみひろは甘かった。不景気という現状を、他人事としてしかとらえていなかった。自分の身にふりかかってくるかもしれないとは、いや、すでに不景気の波が自身の人生を侵食しているとは、この時点では夢にも思っていなかった。

「お互い、うまくいくといいですね」

彼の言葉に、このときのみひろは何の躊躇もなくうなずくことができた。


あれは、人生に暗雲が垂れこめることを告げる予兆だったのかもしれない。いや、予兆と呼ぶには、世の中にもたらした混乱はあまりに大きすぎた。

三月二十日、書類のコピーを終えて机に戻ると、オフィスの隅にあるテレビに人だかりができていた。輪のいちばん外にいた後輩に尋ねると、丸ノ内線や日比谷線で体調不良を訴える乗客が続出し、中には救急車で運ばれるほど重体の人もいるという。背伸びしてテレビを見ると、口元をハンカチで押さえてうずくまる人や、気を失った人を担架に乗せて救急車へ運んでいく光景が目に入った。

「俺、いつも丸ノ内線使ってるんです。少し時間がずれてたら、俺も巻き込まれてたかも」

後輩は顔を真っ青にしていた。

サリンが地下鉄の車内に撒かれたと知ったのはその後のことだった。前年にも、長野県松本市の住宅地でサリンが撒かれる事件があったことを思い出した。

帰りの電車に、みひろは緊張しながら乗った。サリンが撒かれたのと同じ路線を使っているわけではないけど、この電車でも同じことが起きたらどうすればいいんだろう。心なしか、他の乗客も顔がこわばっているように見えた。

何事もなく電車を降り、ほっとしながら帰り道を歩いた。家の近くまで来たところで、黒いスーツを着た人相の悪い男が、門から出てくるのが見えた。何の用だったんだろう、胸のざわめきを覚えながら家に帰ると、両親は食事も摂らず、深刻な顔つきでテーブルに向かい合って座っていた。よく見ると、母は涙ぐんでいた。

「どうしたの？」

尋ねるみひろに顔を向けず、父は重々しい声で「話がある。座ってくれるか」と言った。不吉な予感が高まっていくのを感じながら、みひろは空いている椅子に座った。

「借金があるんだ」

借金、という言葉がみひろの胸にのしかかってきた。

「そんなに会社の業績悪かったの？」

父は木材加工会社を営んでいた。経営状態がかんばしくないのは知っていた。

「違う。俺たちの家の借金だ」

「嘘でしょう？　家のローンならもう払い終えたって言ってたのに」

父はしばらく沈黙した後、屈辱をこらえるようにテーブルの上で組んだ手を強く握り、絞り出すような声で言った。

「投資でしくじっちまった」

耳を疑った。父は、株取引のような、汗をかかずに金を得るような行為を嫌っていたはずだった。

父は、多少荒っぽいところが欠点ではあったが、自身の努力で会社を大きくしたことを誇りにしている、みひろから見ても尊敬できる人だった。みひろが、飲食店の店員になるのではなく、自身の手で経営したいと考えるようになったのは、社長である父の影響があった。

「バブルのころ、株価や地価が面白いように上がっていくのを見て、つい魔が差したんだ。株にくわしい知り合いに聞いたら、信用取引だったら少ない元手で大きく儲けられる、ってアドバイスされた」

後で知ったところによると、信用取引というものを利用すると、資産を担保にして、証券会社から金を借りて株を買うことができるらしい。株価が上がれば、持ち金が少なくても大きく儲けられる代わりに、下がったときの損害も大きい。

「いつまでも好景気が続くとは限らないから乗り遅れない方がいい、今がチャンスだ、って急かされた。すぐに口座を開いて、信用取引で株を買った途端に、株価は真っ逆さまに落ちていった」

父は「まるで俺が買うのを待っていたかのようだったな」と吐き捨てた。

「それから、今度は株価が落ちた今がチャンスだとそそのかされて、さらに株を買い足したんだ。そうしたら、株価はさらに下がって、損失はさらに膨れあがっていった。気がついたら、貯金を崩す程度では返せないくらいの、とんでもない額の借金を背負ってたんだ。お前にも母さんにも内緒で毎月返済してたんだが、いよいよ貯金が残り少なくなって、返し続けるのが厳しくなってきた。実はさっきまで借金取りが来てたんだ」

「さっき外ですれ違った」

父は「そうだったか」と言って肩を落とした。

「みひろ、母さん。すまんな、バカな父親で」

最後は涙声になっていた。それにつられて、母が声を上げて泣き始めた。

ここ数年で一気に白くなった父の頭髪を見つめた。ずっと言えなかったんだな、と思った。父が思いつめた顔をしているのを見かけたことは何度かあったが、仕事上の悩みなのだとばかり思っていた。

「お父さん、借金って具体的にいくらあるの」

父は少しためらってから、借金額を答えた。

「あのさ、私、かなり貯金あるんだ。お父さんの力になれると思う」

みひろは自身の貯金額を告げた。ただ、父はみひろの申し出を拒絶すると確信していた。娘の金に頼る父じゃない。みひろが店を開きたいと考えていることも知っている。俺を見くびるな、これから一生懸命働いて返すから余計な心配するな、そう突っぱねてくるとばかり思った。

「いいのか……?」

いつも威厳に満ちた父が、すがりつくような表情を見せた。助かった、と顔に書いてあるかのようだった。

「もちろんだよ。お父さんには大学まで行かせてもらったわけだし、恩返しだと思ってくれればいいから」

声が震えそうになるのをこらえ、むりやり笑みを作って言った。心の中は後悔に満ちていた。父はきっと断ると決めつけて、自分は家庭の危機に手を差しのべようとする優しい娘だとアピールするために、何の覚悟もなく安易な提案をしてしまった。

「すまん……本当にすまん」

とうとう父も泣き崩れた。みひろは、自分も泣き出したいのをこらえ、必死で笑みを作り続けた。

こうして、みひろは蓄えのほとんどを失い、三十歳までに店を持つという夢も失った。


「サリンオソロシイ」

自分の部屋で声を殺して泣いていると、ポケベルがメッセージを受信した。

それまでポケベルは数字を打ち込むことしかできなかったが、前年初めて文字のやりとりができる機種が発売された。その年のクリスマスにセンセイと二人でポケベルを買い、毎晩一言ずつメッセージを送り合おう、と約束したのだった。

みひろは部屋を出て居間にある電話機の前に立ち、ボタンを押してメッセージを送った。その一分後、今度は電話をかけた。

「もしもし」

センセイの戸惑った声が受話器から聞こえてきた。

「夜遅くごめん。ポケベル見た?」

「はい。『アイタイ』って書いてました。念のため聞きますけど、これ送ったのみひろさんですよね？」

ポケベルの画面にはメッセージしか表示されないため、名乗らない限り送り主は特定できない。

「こんな時間に会いたいって頼んでくるような人が他にいるの？」

「いえ、違うんです！　そういうことではなくて」

彼のあわてふためく顔が目に浮かび、少しだけ心が軽くなった。

「今からそっち行っていい？」

「何かあったんですか？」

「行ったら話す。まだぎりぎり電車あるから、急いで向かうね」

財布だけ持って家を出た。電車を乗り継いで最寄り駅まで行くと、改札の前にセンセイの姿があった。

「わざわざ来てくれたんだ！」

「心配だったので」

言葉どおり、センセイは心配そうに眉を寄せてみひろを見つめていた。

ワンルームの小さなアパートに行き、自分の夢が台無しになったことを告げ、センセイの胸に顔をうずめて泣いた。

「これから私、どうすればいいんだろう。今からまたお金を貯める気にはとてもなれない」

弱音を吐くみひろを前にして、センセイは眉間に皺を寄せ、腕を組んで動かなくなった。みひろを励ますためにどんな言葉をかければいいか必死に考えているのが、見ていて伝わってきた。

しばらく沈黙したのち、センセイは言った。

「プライミング効果をご存じですか」

みひろは首をかしげた。

「人は、先に得た情報に無意識のうちに引っ張られた行動を取る。これをプライミング効果といいます」

「わかるように説明してよ」

「囲碁の碁石は、どんな色が使われていますか？」

「何よ突然。白と黒でしょ。囲碁をやったことないけど、それくらいはわかる」

「そうですね。それでは次に、どんな動物でもいいので、頭に思い浮かんだ動物を一頭、挙げてもらえますか」

「動物？　そうね」

開きかけた口が止まった。彼が何を言いたいのか、おぼろげながら見えてきた。

「……パンダ」

彼は満足そうにうなずいた。

「どうしてパンダが最初に頭に浮かんだかわかりますか」

「その前に碁石のことを考えたから、白と黒の動物が真っ先に浮かんだ、ってこと？」

「そのとおりです。どんな動物でもいい、と言ったにもかかわらず、先に碁石のことを考えてしまったら、パンダやシマウマのような、白と黒の動物以外を思い浮かべるのは難しくなります。自分の意思で選択したはずなのに、実は気づかないうちに他の要素に影響されている。これをプライミング効果といいます」

「なるほど、意味はわかった」

「プライミング効果は、さまざまなケースが存在します。たとえば、アメリカで行われたこんな実験があります。集まってもらった学生たちに、五つの単語から四つを選んで文章を作るように指示しました。たとえば、『彼、見つける、それ、黄色、すぐに』という単語から、『彼はそれをすぐに見つける』と解く、といった具合です。このような問題をいくつも解いてもらうのですが、一部の学生に配った問題用紙には、『忘れっぽい』『はげ』『しわ』など、高齢者を連想させる単語をたくさん混ぜておいたのです」

「うん。それで？」

「問題を解き終えてから、学生たちは他の実験に参加するため、別の教室に移動します。実はこの移動こそが、実験の核心だったのです。実験者は、教室に移動する際の速度をひそかに計測していました。その結果、高齢者の単語がたくさん含まれた問題を解いた学生たちは、他の学生に比べて歩く速度が遅かったのです」

「どうして？」

「学生たちは、高齢者を連想する単語に触れることによって、自分でも気づかないうちに高齢者のような行動を取っていました。人間は、外部から受ける刺激によって、自分でも気づかないうちに意識や行動が変わってしまうのです」

「なるほどね。あのね、センセイ、話はすごく面白いよ。でも、あなたが何を言いたいのか全然わからないんだけど」

突然、センセイが立ち上がり、机から万年筆を二本持ってきた。どうするのかと思って見ていると、彼は横向きにした万年筆を一本口元に持っていき、奥歯で嚙んだ。口を横に広げた、だらしなく笑っているかのような間抜けな顔がみひろの前に現れた。

「あの、何してるの？」

「万年筆をくわえてるんです」

まるで舌足らずの子どものようなしゃべり方になっていた。

「見ればわかるよ。どうしてそんなことしてるの」

「一緒にどうぞ」

もう一本の万年筆をみひろに差し出した。

「嫌だよ。何でこんなことしなきゃいけないの」

「笑顔になるためです」

万年筆をくわえ、歯をむき出しにしたまま、彼は言った。

「人は楽しいと笑顔になります。しかし、逆もありえます。笑顔になれば、人は楽しい気持ちになれます。碁石のことを考えるとパンダを連想したり、高齢者を連想させる単語を目にすると歩くのが遅くなるのと一緒で、笑みを作ることで心が勝手に楽しくなるんです。そして、どうしても笑えないときは、こうやってむりやり笑顔を作ればいいんです」

万年筆をくわえながらの説明なので、聞き取るのが大変だった。

「それ、笑顔って言えるの？　ただ万年筆を噛んでむりやり笑ったのと同じ顔を作ってるだけじゃない」

「こんな実験があります。鉛筆を用意して、ある人には横向きに、別の人には縦向きにくわえたまま漫画を読んでもらい、漫画の面白さを評価してもらいました。その結果、横向きに鉛筆をくわえて読んだ人の方が、縦向きに鉛筆をくわえ、しかめ面にそっくりの顔で読んだ人より、漫画を面白いと感じたのです。笑っているという自覚がなくても、笑うのと同じ顔を作るだけで、人は楽しい気持ちになれるのです」

ふざけた顔とふざけた声で、彼は大まじめに語った。「さあ、みひろさんもどうぞ」

差し出された万年筆を、今度は受け取った。少しためらってから万年筆を噛み、彼のように歯をむき出しにした。

「どう？　私の美貌が台無しでしょ」

冗談めかして言ったが、彼は間抜けな顔のまま、首を横に振った。

「どんな顔をしていても、みひろさんは綺麗です」

「その顔でそんなこと言われても、からかってるようにしか聞こえない」

「本当です。鏡持ってきましょうか」

「絶対やめて！」

みひろは大声で拒絶した。「万年筆をくわえたまま会話するカップルなんて、世界中探しても私たちだけじゃない？」

「問題ありますか？」

「バカみたいじゃない」とみひろは答えたが、同時に、何て愉快なんだろう、とも思っていた。そして、少し前まで絶望に沈んでいたはずなのに、愉快だと思える自分に驚いた。

「ごめん、もう無理。口が疲れるし、よだれが出ちゃいそう」

口から万年筆を取り、唾を飲み込んだ。みひろを見て、彼も万年筆を取った。

「ああ、疲れました」

「何よ、自分から提案したくせに」

センセイと目が合い、お互い同時に吹き出した。「ほんとバカみたい」とみひろが不満を言い、「すみません」とセンセイが謝り、その間もずっと二人で笑っていた。いつの間にか、万年筆がなくても自然に笑うことができるようになっていた。

「起こったことはもうどうしようもありません。明日から気持ちを新たに頑張りましょう。この努力が報われる日が、必ず訪れます」

彼の言葉は、みひろのほぐれた心にすっと入ってきた。

「ありがとう。それにしてもあなたってほんと変わってる。私をどうやって励ますか、一生懸命考えて、この話に行き着いたの？」

「みひろさんのように人を励ますのが苦手なので、必死に考えたんです。いけませんでしたか」

自信なさそうに肩をすぼめる彼の姿が、たまらなくいとおしかった。

「ううん。センセイ、最高だよ」

みひろは身を乗り出し、彼の腕に手を回して、唇を合わせた。彼もみひろに応え、二人は体を密着させたまま畳の上に横たわった。

それでも、完全に気持ちを切り替えることはできなかった。また一から店を開くためのお金を貯め始めよう、とすぐには思えず、しばらくバーのバイトを休ませてもらうことにした。

実家の借金事情は、みひろが貯金を差し出したことでかなり改善したようだった。父は後日あらためてみひろに頭を下げ、「何年かかるかわからないけど、金は必ず返す」と言った。

店を開きたいという夢はいったん忘れることにした。昼は仕事に行き、夜は家族で食事しながら、毎晩のように放映されるオウム真理教関連の特番を観た。バイトと節約を理由に敬遠していた会社の飲み会にも顔を出すようになり、二次会のカラオケで困らないようにCDを買ってヒット曲を覚えるようになった。大黒摩季の『ら・ら・ら』を歌って同僚から喝采を浴びたり、全員で手を振りながらH Jungle with tの『WOW WAR TONIGHT』を合唱するのは、みひろにとって新鮮な時間だった。

一方センセイは、以前より頬がこけ、やつれた姿を見せるようになった。仕事も就職活動もうまくいかず、五月に三十歳を迎えたあたりから悲観的な発言が増えてきた。顔が明るくなるのは、当時メジャーリーグで活躍していた野茂英雄の話をするときくらいで、仕事のことを思い出したくないのか、研究の話をすることもなくなった。毎日ポケベルでやりとりするという約束も、七月に入るころには守られなくなる日が増えてきた。

二人の日々にはっきりとした亀裂が入ったのは、八月のことだった。

「いつも都内で会うばかりなのもつまんないから、たまには旅行しない？」

よく利用する新宿のカフェで、コーヒーを飲みながらみひろが相談した。ちょうど、店内にはＦＩＥＬＤ ＯＦ ＶＩＥＷの『突然』が流れていた。

そして、彼の発言も突然だった。

「その前に、もう終わりにした方がいいかもしれません」

「何が？」

「僕たちの関係です。もう、別れた方がいいと思うんです」

唇を震わせ、真っ青な顔で、だけど視線はみひろをまっすぐ見据えていた。

「何言ってるの？」

「僕と一緒にいても、ろくな将来が待っていません。あなたの足を引っ張りたくないんです」

「どうしたの、急に」

「みひろさんはもう結婚を考えるべき年齢ですよね。それなのに、三十歳にもなって定職に就けない男とつきあっていていいんですか？　みひろさんには、僕なんかよりもっとふさわしい人がたくさんいると思うんです。僕とずるずるつきあい続けるくらいなら、早めにきっぱりと手を切ったほうがいいんじゃないでしょうか」

「落ち着いて。あなたは自暴自棄になっているの。前にも言ったよね、あなたは大丈夫だって。私の言うことが信じられないの？」

「すみません」

彼は視線を下げ、言いにくそうに口を開いた。「今の僕には、気休めにしか聞こえない」

「そんな……」

「それに、自暴自棄になっているわけではなくて、以前から考えていたことなんです。僕はあなたのそばにいる資格があるのかと、ずっと悩み続けていました。自分のことすらままならない僕が、あなたを幸せにできるわけがない。別れた方が、あなたのためになると思うんです」

「ふざけないで」

怒鳴りつけたくなるのをこらえ、押し殺した声で彼に迫った。「何があなたのためよ。その押しつけがましい言い方、すごく腹が立つ」

彼は猫背をさらに丸め、視線をテーブルに落とした。

「私は幸せにしてもらうためにあなたとつきあってるわけじゃないし、自分を庇護してくれる人を求めて結婚するわけじゃない。自分のことくらい、自分で面倒見るよ。見くびるのはやめて」

「ですが……」

なかなか納得しないセンセイを前にして、思わず大きなため息が漏れた。

「あなたって、いつもそうだよね。つねに、自分より他人を優先して考える」

去年の結婚式の日もそうだった。センセイは暑さに参っていたはずなのに、道端で困っている人を見かけたら躊躇なく声をかけた。別れ話を切り出したのも、自分の気持ちではなくて、みひろの人生を慮《おもんぱか》って言っている。他人を思いやる心があるのは彼の長所だと思っていたけど、このときのみひろには鬱陶しくてしかたがなかった。

「みひろさんのことだけを考えているわけじゃありません」

うつむいたまま、センセイがつぶやいた。「みひろさんといると、自分が惨めに思えるときがあるんです。社会人として自立していて、つねに明るくて誰からも好かれるあなたに比べて、僕は不安定な立場である上に、性格も暗いです。周囲から不釣り合いだと評されているのも知っています」

「まわりの声なんてどうだっていいじゃない。そんなこと気にするからダメなんだよ」

「そう、僕はダメなんです。他人の視線を無視する強さは僕にはありません」

反論しようとして口を開きかけたが、遠くに目をやってさびしそうに笑う彼の顔を見た瞬間、言葉に詰まった。どうすれば彼の気持ちを変えられるのか、わからなくなってしまった。

「とにかく」

強い口調でみひろは言った。「別れるなんて認めないから」

センセイは弱々しい表情でみひろの首の辺りに目をやっていた。


突然別れを告げられたことへの怒りは収まらず、みひろはしばらくセンセイと連絡を取るのをやめた。ポケベルのやりとりも一切なくなった。

次に話をしたのは十月だった。みひろから電話をかけた。気まずそうにあいさつをするセンセイに向けて、みひろはいきなり告げた。

「私、結婚するかもしれない」

受話器の向こうから、息を呑む気配が伝わってきた。

それは、前月のことだった。

「お前、藤波《ふじなみ》さんって覚えてるか？」

沖縄で米兵が小学生に性的暴行を働いたというニュースに憤っているみひろの背後から、父が尋ねてきた。

「藤波さん？　誰それ？」

「お前とお見合いしたいっていう申し出があったんだ」

「はあ？」

ソファーに寝そべっていたみひろは、思わず飛び起きた。お見合いなんて過去の遺物だと思っていた。

「仕事の会合で、藤波さん親子と知り合ったんだ。父親が住宅販売会社を経営していて、息子が後継者候補として働いているんだと。で、飲み会でお互いの家族の話になって、俺が家族写真を見せたら、息子の方がお前の顔を指さして、この人は恩人だって言うんだよ。去年の夏、仕事の書類が入った封筒をなくしたとき、お前が一緒に探して見つけてくれたって言ってるんだけど、本当か?」

「ああ、あのときの……」

「お前に相当感謝していたぞ。俺が娘は独身だと話したら、数日後にお見合いの申し出があったんだ。信頼できる人だと俺は思ったし、周囲の人もだいたい似たような評価をしてるようだったな。どうする、会ってみるか?」

みひろに語る父の口調は生き生きとしていて、この話に乗り気なのが伝わってきた。

「皮肉だね。あの人に声をかけようと言ったのはあなただったのに、私が感謝されて、結婚相手に指名されるなんて」

センセイに言うと、彼は不安そうな声で「お見合いには行ったんですか」と尋ねてきた。

「うん。行った。いい人だったよ。この人と一緒になるのもいいかな、って思ってる。話が合ったし、何より、私の夢を応援するって言ってくれた」

自分の店を持ちたいと思っている話をしたら、藤波は目を輝かせて「それは素敵ですね」と言った。父の借金を返すために開店資金をすべて失った話も正直にすると、「家族を助けるために夢のためのお金を差し出すなんて、やはりあなたは心の広い人だ」と感激し、「あなたの夢を叶えるためなら、僕も最大限支援をします。幸い僕はそれなりにお金はある。お店を開くための手助けができると思います」と力強く言った。

「どうしてそんなに後押ししてくれるんですか。ふつう、男の人って女性には外で仕事をせずに家庭に入ってほしいと思うものじゃないんですか」

自分と結婚してもらうために心にもないことを言っているんじゃないか、と疑いながら尋ねると、なぜか藤波の顔が曇った。

「十年前に癌で他界した僕の母は、若いころ女優の仕事をしていたそうなんです。亡くなる一カ月前、初めて僕に打ち明けてきました。下積みを続けてようやく芽が出そうになったときに結婚が決まり、家庭に入ることを求められて女優を辞めたそうです。病院のベッドで、女優の夢を諦めたことを今でも後悔していると語っていた母の姿が忘れられません。僕の妻になる人には、母のような思いをしてほしくないんです。結婚のせいで夢を諦めるなんて、あなただけではなく、僕も我慢できない」

みひろは藤波を疑ったことを恥じ、この人と結婚してもいいかもしれないと考えるようになった。店を開くためのお金を出してもらえそうだ、という下心も正直あった。

その話をセンセイにすると、「そうですか。よかったですね。おめでとうございます」という言葉が返ってきた。

「それ、本心で言ってるの？」

みひろが訊くと、受話器の向こうでためらう気配を感じた。

「その方と結婚するんじゃないんですか」

「まだ迷ってる」

「どうして？」

どうして、だって？ 何という愚問だろう。答えなんてひとつしかないのに。

「あなたのことが好きだからだよ」

彼の言葉は、少し間が空いてから返ってきた。

「僕もです」

「別れようって言ったくせに」

返答はなかった。

「一週間後、先方に返事をすることになってる。それまでに、あなたの答えを聞かせて」

しばらくの沈黙の後、「わかりました」という重苦しい響きを持った言葉が返ってきた。

通話が切れてから、みひろは受話器を叩きつけた。怒りともどかしさで体が震えていた。結婚しないでほしい、他の男に取られるなんて我慢できない、みひろが言ってほしかった言葉を、彼はまったく口にしてくれなかった。もし自分を選んでほしいと言ったら、迷わず彼の胸に飛び込むつもりだったのに。

つけっぱなしのテレビから、ＭｙＬｉｔｔｌｅＬｏｖｅｒの『Hello, Again〜昔からある場所〜』が流れてきた。終わった恋を思いながらも前に踏み出そうとする意思を歌ったその曲を聴きながら、きっとセンセイとは一緒にはなれないのだろうと予感した。

一週間後、センセイから電話で、「僕はやはり、あなたにふさわしい男ではありません」と告げられた。みひろは彼の言葉を受け入れた。しょせんこの人は、自分と一生をともにする覚悟を持てない男なのだ、と思うことにした。

みひろは藤波との結婚を決めた。

宿泊用に置いていた荷物を回収するために、センセイの家に向かった。センセイは生気のない顔でみひろを出迎えた。

「今までありがとうございました。それから、ご結婚おめでとうございます」

礼を言うセンセイの顔は、悲痛の色を隠し切れていなかった。彼がうつむきながら「別れるのはさびしいですけどね」と漏らしたとき、抑えていた感情が爆発した。

「後悔するくらいなら最初から別れ話なんて持ち出さないで！」

センセイは泣きそうな顔になりながらも、意地を張るように、懸命に首を横に振った。

「後悔なんてしてません。みひろさんの結婚を祝福する気持ちでいっぱいです」

「そんな顔で言われても全然説得力ないんだけど」

指摘すると、センセイはテーブルの上にあったボールペンを口でくわえた。だらしない笑顔が、みひろの前に現れた。

「この顔なら説得力ありますか」

精いっぱい強がる姿に、今度はみひろが泣きそうになった。

「ご結婚、おめでとうございます。みひろさんが、自分にふさわしい相手に出会えたこと、僕は心からうれしく思っています」

間抜けな顔と間抜けな口調で心にもないことを言うセンセイの細い体を、骨が折れるくらいむちゃくちゃに抱きしめたい衝動にかられた。彼の肌のぬくもりや、彼の匂いを、いつものように存分に味わいたかった。だけどみひろは自制心を最大限に働かせて、その場から一歩も動かなかった。彼とはもう終わったんだ。下手なことをして、未練を残すようなことがあってはならない。

彼を抱きしめる代わりに、みひろもボールペンをくわえた。

「私もようやく結婚かあ。友達が続々結婚していくから正直焦ってたんだ。それにしてもまさかお見合いで結婚を決めることになるとは夢にも思わなかった」

「もうすぐ二十一世紀なのに、まだお見合いという風習が残っているんですね」

「何それ、バカにしてる？」

「いえ、そんな」

あわてた拍子にボールペンが落ち、畳の上を転がっていった。みひろもペンをテーブルに置き、持ってきたバッグに私物を入れ始めた。

「就職活動、がんばって。気休めにしか聞こえないかもしれないけど、私はあなたなら大丈夫だと信じているから」

「ありがとうございます。みひろさんも、早くお店が開けたらいいですね。開店したら必ず駆けつけます。カウンターの片隅でお酒を飲みながら、みひろさんがお客さんと楽しそうに話をしたり、悩んでいるお客さんを元気づけたりしている姿を眺めていようと思います」

「眺めるなんて言わないで、会話に参加してきなよ。悩んでいる子がいたら、アドバイスしてあげて」

「僕にそんな力はありません」

「あるよ。あなたの持っている知識と、自分より他人を優先して考えるその性格は、きっと誰かの力になれる。私があなたに救われたようにね」

最後に台所から歯ブラシを回収して、みひろは玄関に向かった。

「今までありがとう。楽しかった」

見送りに来た彼にほほえんだ。もう、ボールペンを使わなくても自然に笑うことができた。

「僕もです。それじゃあ、さよなら」

お互い手を振り、みひろはセンセイに背を向けてドアを開けた。明るく別れを迎えられてよかった。そう思いながら外に出て、最後に体を室内に向けたところで、みひろは息を呑んだ。

ドアノブをつかむ彼の目が、光っているように見えた。泣いてるの？　そう思ったときにはもう、彼の手でドアが閉ざされていた。

＊

「バカだよね」

二杯目の水割りを飲み終えたみひろは、カウンターに視線を落とした。

「ほんとですよね。みひろさんから愛想尽かされるならともかく、自分から身を引くなんて意味わかんない。一人前の男になって絶対にみひろさんを幸せにするんだ、っていう意気込みで頑張るのがふつうなんじゃないですか。根性が足りないです」

「勇ましいね、綾ちゃん」

みひろは苦笑いを浮かべ、それから首を振った。「違うの。バカなのは私。彼と一緒になりたかったのなら、私の方から結婚しようって迫るべきだった。選ぶのは男で、女は待つものだ、って思い込んでたんだろうね」

「あの人と別れたこと、後悔してるんですか？」

「そういうわけじゃないけど、二人の未来を彼の決断にゆだねたことは後悔してる」

「その後、藤波さんって人と本当に結婚したんですか」

「そう」

「で、この店も開いたんですか。この店、そんなに昔からあったんですか」

「それがね、結婚した次の年に三つ子が産まれたの。毎日目の回るような忙しさだったから、店どころじゃなくなっちゃったんだ」

「みひろさん、三つ子のお子さんがいたんですか！」

「子どもの成長を見守るのが楽しかったから、店を開きたいと思ってたことなんてすっかり忘れちゃってた。でも、四年前に子どもたちが全員大学に進んで子育てから解放されたときに、夫から、そろそろ昔の夢を思い出していいんじゃないかって言われてね。それで二年前にこの店を始めたんだ」

「それで、センセイを招待したんですね……あ、違うのか。あの人がこの店を見つけたのは偶然だったんでしたっけ？」

今日店に入ったばかりのときに、そういうやりとりをした気がする。

「別れてからは彼とは一切連絡を取ってなかった。半年前、近くの大学で行われたシンポジウムに参加して、その帰りに立ち寄ったのがたまたまこの店だったみたい」

「大学？」

綾は首をかしげた。「それってU大学のことですよね？」

このあたりにある大学は、綾の卒業したU大学だけだ。

「うん。たしかそう言ってたと思う」

「本当に偶然だったのかなあ」

「え？」

「U大学って駅の南口じゃないですか。でも、ここは北口ですよね。南口の繁華街には居酒屋もバーもたくさんあるんだから、帰りにお店に寄ろうとするなら、わざわざ北口にまで回らないんじゃないかな」

「偶然じゃなかったとしたら、彼はどうやってここを見つけたというの？」

「そうですよね」

と返したところで、綾自身がこの店を見つけた経緯を思い出した。「そうか、駅のホームからこの店が見えるんです。たとえば、大学に向かうとき、電車を降りたところでこの店を見つけて、雰囲気のよさそうな店だから帰りに寄ってみようと思ったとか……あ、わかった！」

綾は身を乗り出した。

「みひろさんがセンセイを呼び寄せたんですよ」

「私が？」

みひろは口を開けたまま、自分の胸を指さした。

「お店の名前、『Smile』ですよね。しかも、看板は手書きっぽいデザインになってるし、文字の下には万年筆のイラストがあります。これ、みひろさんが話してくれた、笑うために万年筆をくわえたっていうエピソードからきてるんですよね。センセイはみひろさんのお店だったらいいなと思って、シンポジウムの帰りにこのお店を訪ねたんじゃないですか？」

みひろの目が大きくなった。

「本当だ。あの日の出来事そのままだね……」

「え、それが由来じゃないんですか？」

「Smile っていう名前は、悩みを抱えた人もここに来たらみんな笑顔になれたらいいな、っていう理由でつけたの。看板のデザインも、こうすると格好いいかなって思っただけ。

センセイとのことなんて、もう思い出すこともなかったから」

そう言ってから、みひろは腕を組み、「でも、無意識のうちに影響されてたのかな」とつぶやいた。

「これも、センセイが言ってたプライミング効果ってことになるのかな？　すっかり忘れたつもりになってたけど、私にもまだ、センセイへの気持ちが残っているのかもしれないね」

三杯目の水割りを一口飲んでから、みひろは深いため息をついた。

「再会したからって今さらどうにもならないのにね」

流れていた曲が終わり、店は静かになった。みひろは右手のグラスに目を落としていたが、その頬はほんのりと赤くなっているように見えた。

新しい曲がかかるのと同時に、みひろはふたたび口を開いた。

「一度だけ彼が、あのときの選択を後悔してる、って言ってきたことがある。あの人、服装は昔と変わらず無頓着なくせに、必ずあの時計だけはつけてくるんだ。どういうつもりなんだろうね。自分は高い時計を買えるようないっぱしの男になったんだ、っていうアピールなのかな」

「結局みひろさんの言ったとおり大学の先生になれたんだから、別れる必要なんてなかったんですよね」

「そうだね。やっぱり綾ちゃんの言ったとおりだ。彼もバカだよ。私たちはそろってバカなカップルだった」

みひろの大きな体が、急にしぼんだように見えた。

それからしばらく、二人は沈黙した。店内に流れるピアノの演奏が、場違いなほど軽快なリズムを奏でながら二人の間を通り抜けていった。

「私、このお店のこと、ますます好きになりました」

しばらくしてから綾は口を開いた。「二人の夢がようやく実現したのがこの場所だったんですね。訪れたお客さんを、みひろさんが元気づける。あの人はカウンターの片隅でお酒を飲みながら店のにぎわいを眺めていて、ときおり口を挟んできてお客さんの悩みを解決する。二十年以上前に描いた未来が今実現していて、そこに私も関われているんだって思うと、私まで幸せになってきました」

「ありがとう。綾ちゃんがそんな風に思ってくれるなんて、こんなにうれしいことはないな」

みひろが柔らかな笑みを見せた。

時計を見ると、もう午前0時近くになっていた。綾は立ち上がり、会計を済ませた。

「また、私の話聞いてくださいね。もちろん、センセイと一緒に」

「うん、また来てね。待ってる」

みひろが手を振ってきた。綾は手を振り返し、店のドアをゆっくり閉めた。

Now Playing

第六章

恋

2:35 1:38

来店した綾の顔を見るなり、みひろは怪訝そうに眉をひそめた。

「どうしたの綾ちゃん？　まるで『どうしたの綾ちゃん？』って訊いてほしそうな顔してるけど」

半年前と同じセリフを、みひろは言った。そのときは冗談めいた口調だったけど、今は心配そうに、綾のこわばった顔を覗き込んでいる。

「とりあえず、白ワインください」

ワインを待つ間、綾はクラシック音楽が静かに流れる店内を見わたした。開店直後ということもあり、綾の他に客は一人だけだった。

その一人が座っている、カウンターの片隅に目を向けた。気弱そうな初老の男性が、いつものように背中を丸めて日本酒を飲んでいた。

「消費税上がっちゃったね」

ワインの入ったグラスを差し出しながら、みひろが言った。今月から、消費税が十パーセントになったのだ。

「嫌になっちゃいますよね」

綾はワインを一口含み、グラスを置いてみひろと男性を交互に見た。

「お二人に聞いてほしい話があるんです」

「どうしたの？」

「以前つきあっていた男性と再会したんです」

数日前、仕事で彼の勤めている会社の近くを通ったとき、外回りから戻ってきた彼と出くわした。綾は気まずくて早めに別れようとしたが、彼は「久々に食事にでも行きませんか」と誘ってきた。渋る綾に対し、かつて彼とよく行っていたレストランの名前を挙げ、「土曜日の夜八時から予約を取っておきます。綾さんが来てくれるまで待ってます」と言った。

「それ、よりを戻したいってことだよね」

「だと思います」

「土曜日、って要するに今日のこと？」

「はい。夜八時からなので、あと二時間後です」

「それなのにここにいるってことは、行くつもりないの？」

「最初はその予定でした。つきあっている最中、彼は、絶対に許せないことを私にしたんです。もう二度と会いたくない、って思っていました。だけど、もしかしたらあの行為には、私の知らない深い理由があったのかもしれない、って思えてきたんです」

そこで綾は、男性に体を向けた。「あなたのおかげです」

「私ですか?」

「『意味わかんない』と切り捨てたくなるような行動にも、実はその人にとっては切実な事情があるのかもしれないということを、あなたから学びました。彼の行いにも、私の知らない事情があったんじゃないか、そう思っていろいろ考えてみました。だけど私の頭では、それが何なのか、事情なんてものが本当にあるのか、見当がつきませんでした。私にはあなたのように知識もないし、みひろさんのように人生経験も足りないですから」

綾は二人を交互に見据えた。

「力を貸してください。私の知らない事情が彼にあったのかどうか、一緒に考えてくれませんか」

「いいよ。私たちに、というか、この人に任せて」

みひろが胸を張りながら、男性に視線を送った。

「そんな。私のことばかりあてにされても困ります」

男性は迷惑そうに言い返していたが、綾が不安になることはなかった。口では弱気なことを言っていても、きっと最後には持ち前の知識と洞察力で綾の疑問を解決してくれる。もし何も思いつかなかったとすれば、彼の行為の裏に、綾の知らない事情はいっさいなかったということなのだ。

「その人とつきあっていたのはいつのことなの？」

「三年前です」

ＩＴ系の企業に転職し、プログラマーとして働くようになってから五年目になっていた。本社を離れ、一年近く出向していた取引先の会社で、彼と出会った。

平成二十八年、二〇一六年の秋。綾は二十九歳だった。

＊

十月の金曜日、仕事終わりに行った飲み会でのことだった。

「契約結婚、っていいアイディアだと思わない？」

綾が言うと、三人は箸やジョッキを持つ手を止め、一様に怪訝な表情を浮かべた。

「綾ちゃん、何を言ってるの？」

同僚の吉野《よしの》香苗《かなえ》が尋ねてきた。綾と同い年で、ふだんから下の名前で呼び合う仲だ。

「『逃げるは恥だが役に立つ』ってドラマ見た人いない？　この間第一話やったばかり

なんだけど」

「ああ、新垣結衣と星野源が出てるやつか」

香苗と同期の男性社員が言って、ビールを喉に注ぎ込んだ。

家事代行サービスのバイトをしている主人公の女性が、依頼人の男性と契約結婚を交わすところで第一話が終わった。結婚なので同居はするし、扶養にも入れるが、恋愛感情があるわけではないので籍は入れず、寝室も分ける。女性は炊事や洗濯など主婦としての仕事を業務として請け負い、男性は女性に毎月給料を支払う。

「共働きの家庭でも、いまだに女性が家事をするのが当たり前って風潮があるじゃない。でも家事に対してちゃんと見返りをもらえるし、結婚してるわけだから世間体も悪くないし、いいことずくめじゃない？」

「世間体ねえ。たしかに私も、三十が間近になってから親に結婚はまだなのかって訊かれること増えたからいいかも。いや、でもさすがに恋愛感情のない人の子どもは産めないか。じゃあ親を満足させることはできないね。親が望んでるのは孫の顔見ることだから」

「香苗のところもそんな感じなんだ。私もよく相手がいないのか詮索される」

「そういえば、そのドラマの主題歌って星野源の『恋』だよね？　あの曲いいよね。私、ドラマは観ないから役者としてどうなのかは知らないけど、星野源の歌はよく聴いてるんだ」

「ふうん」

ドラマは面白かったが、主題歌はほとんど印象に残らなかった。曲に合わせて出演者たちが踊っていたのを何となく覚えている程度だった。

いつのまにか、恋愛をテーマにした歌に興味を抱けなくなっていた。五年前に失恋して以降、恋愛とは無縁で生きてきた。最後に恋人がいたのはもっと前だ。だけど、さびしさは感じなかった。友人にも恋人や夫のいる人は少なく、子どもがいるのは、前年に長男を産んだ真希子くらいだった。このまま恋愛しなくてもいいかな、とすら思っていた。

「もし子どもを産んだら仕事は続けるのか？」

男性社員の問いに、香苗は首を横に振った。

「出産どころか、私は寿退社したいよ。働くの嫌いだもん。私を養えるくらいの稼ぎがある人がいいな」

「あるいは、お金持ちと結婚して、すぐに離婚して莫大な慰謝料をもらうってのもいいんじゃない？　一生遊んで暮らせるよ」

綾が悪のりすると、男性社員は「えげつない計画立てるなよ」と呆れ顔で言った。

しばらくして、男性社員は「煙草吸ってくる」と言って席を外した。その直後、香苗も「うわ、会社から電話だ。勘弁してよ」とぼやきながら、スマートフォンを持っていなくなった。

テーブルには、綾と、もうひとりの男性社員、唐川貴史《からかわたかし》が残った。唐川は黙々と、届いたばかりの串焼きを串から抜き取っていた。

唐川は入社三年目、綾より四歳年下だった。優秀な若手だけど生意気なのが玉に瑕《きず》、というのが綾を含めた周囲の評価だった。

初めて話したのは半年前、大雨の朝だった。会社のビルの前にタクシーが停まり、唐川が降りてくるところを目撃した。

唐川が会社のビルに入ってきたところで、綾はあいさつを交わした。

「唐川君、今日は自転車じゃないんだ」

ふだん一時間近くかけて自転車通勤をしている、という話は聞いたことがあった。

「雨だけならいいんですけど、風も強いですからね。さすがに危険かなと思って」

「だからって電車じゃなくてタクシー使うの？　ずいぶんお金あるんだね」

綾の言い方も嫌味だったが、唐川の返答は輪をかけてひどかった。

「満員電車に乗るなんて、どれだけ無駄な時間の使い方してるんですか」

「はあ？」

「ストレスは溜まるし有意義な時間の使い方はできないし、あまりに非合理的です。それよりはタクシーの方が、勉強したり仕事の準備をしたり、充実した時間を過ごせるじゃないですか」

「それを言ったら、自転車に乗っていたって何もできないじゃん」

唐川は綾の反論を鼻で笑い、「運動になります。適度な運動をしてからの方が、仕事に集中できるんですよ。満員電車の通勤なんて最悪な時間の使い方です。人と同じ行動してたら、成功なんてできませんよ」

このように、最初の印象は最悪だった。その後は雑談を交わす機会が増え、以前よりは打ち解けられたけど、苦手意識がなくなったわけではなかった。

何の話をすればいいだろう。仕事の話なんてしたくないし、かといって共通の話題があるわけでもない。

考えながらレモンサワーを飲んでいると、不意に唐川が何かを言った。

「え、何?」

「SMAP、本当に解散しちゃうんですね」

唐突に思いがけない名前が出てきて、綾はぽかんと口を開けたまま唐川を見た。

「あれ、大谷さん、SMAP好きなんですよね？　以前、初めて買ったCDは『夜空ノムコウ』だって話してましたよね」

「そんな話したっけ？」

「大谷さんの歓迎会のときに話してたじゃないですか」

「私の歓迎会ってかなり前のことだよね。唐川君、記憶力いいね」

さすが一流大学の出身者は違う。唐川は関西の有名な大学を卒業していた。子どものころから勉強ができて、中学から電車に乗って私立の学校に通っていたそうだ。公立の学校しかない地域で育った綾には考えられないことだった。

「俺も、初めて買ったCDはSMAPなんです。『世界に一つだけの花』でした」

「へえ、そうなんだ。そのころ唐川君はいくつ？　たしかあのCDが出たのは二〇〇三年だよね」

「いや、俺が買ったのはその二年後ですね。当時中二でした」

「シングルを二年後に買うって珍しいね」

「最初は好きじゃなかったんです。オンリーワンなんて努力しない人の言い訳にしか聞こえなかったんですけど、いつの間にかいい曲だなって思うようになったんですよね」

「へえ、その心境の変化、不思議だね」

あの歌詞を「しょうもない」と切り捨てる方が彼らしいのに。

「CDは買ったけど、SMAP自体は特別好きだとは思ってなかったんです。それなのに、解散はめちゃくちゃショックでした。子どものころから当たり前のように存在していたから気づかなかったんですけど、SMAPの存在って大きかったんですね。歌だけじゃなくて、SMAPのメンバーが出るドラマもたくさん観てたし、『SMAP×SMAP』もよく観てましたから」

「それ、すごくわかる」

CDが売れなくなるのに比例するかのように、この数年新しい音楽に触れなくなった。香苗が好きだといった星野源の曲も、ほとんど聴いたことがない。歌番組を観る習慣もなくなり、どんな曲がはやっているのか全然わからなくなってしまった。

それでも、SMAPだけは例外だった。新曲が出たらどんな曲かチェックをして、気に入ったらCDを買う、唯一のアーティストだった。

「SMAPって、空気みたいな存在なのかもね。唐川君の言うとおり、当たり前のように存在してるけど、いなくなると途端に苦しくなって、うまく呼吸ができなくなる、みたいな。SMAPが解散することになって、心に大きな穴が空いたような気持ちだよ」

「今年って、昔から存在していたものがいくつも消え去っていく年だな、って思うんです」

唐川は、職場では一度も見せたことのない、しんみりとした顔つきで言った。「大谷さんは、ジャンプって読んでますか」

『週刊少年ジャンプ』のことだろう。綾は「読んだことない」と答えた。

「こち亀は知ってます？　あれ、先月連載が終わったんです」

それくらいは知っていた。四十年続いた『こちら葛飾区亀有公園前派出所』の連載が終了した、というのは大きなニュースになった。

「歌丸さんが『笑点』を卒業したのも今年だよね」

唐川はうなずいた。

「それに、平成ももうすぐ終わりそうですしね」

そうなのだ。この年の夏、天皇が生前退位の意向を表明し、平成という時代が近いうちに終わることが決定的になった。

子どものころから当たり前のようにあると思っていたものが、次々と姿を消していく。

「一つの時代が終わろうとしてるんだね」

「ですね」

しんみりとした雰囲気を共有しているうちに、いつの間にか唐川に対する苦手意識がなくなっていた。苦手どころか、他の二人が戻ってくるまで、唐川とＳＭＡＰのメンバーが出演していたドラマや映画の話で盛り上がっていた。

十時前に、会計を済ませて店を出た。

「それじゃあ、私たちはこっちだから」

別の路線に乗る香苗たちと別れ、綾と唐川が残った。

「唐川君は自転車で帰るの？　お酒飲んでるのに大丈夫？」

「いや、自転車は押して帰ります。それより大谷さん、もう一軒行きませんか？」

「え、二人で？」

綾の答えを待たず、唐川はひとりで歩き出した。

「ちょっと、行くなんて一言も言ってないんだけど」

「俺、別に記憶力よくないですよ」

唐川は前を向いたまま言った。「どうして俺が、大谷さんが何カ月も前に一度話しただけの、初めて買ったCDの話を覚えているのか。本当の理由は何だと思いますか？」

「は？　理由？　そんなの知らな……」

綾の言葉は途中で止まった。盛り場のネオンに照らされた唐川の頬が、赤くなっていることに気がついたからだ。

綾は驚いた。だが、真の驚愕はこのあとに待っていた。

二軒目を出た後、綾は唐川の誘いに応じ、ホテルで一夜をともに過ごすことになったのだ。香苗と契約結婚の話をしていたときには、こんな展開を迎えることになるなんて夢にも思っていなかった。

唐川との交際はこうして始まった。

始まった、とはいえ、綾はもやもやしていた。自分の感情が、よくわからなかったのだ。

自らの意思で唐川を受け入れたのは間違いない。あのとき、唐川とならかまわない、という気持ちはたしかにあった。自分の行動を後悔してるわけでもない。だからといって、彼に恋愛感情を抱いているという確信はなかった。

彼から「好き」だとか「つきあおう」とか、そういった明確な言葉はなかった。だけど肌を合わせたその日から、唐川は恋人のような態度で綾と接するようになり、綾はそれを受け入れた。受け入れるしかなかった。身を任せておきながら、今さら「彼氏面しないで」なんて言えるはずがない。

だけど、彼と過ごす時間は楽しかった。映画が好きな彼は、よく綾を映画に誘った。それまで映画館に行く習慣はなかったが、『シン・ゴジラ』や『君の名は。』、『この世界の片隅に』など、唐川と観に行った映画はどれも面白かった。映画の後にお互い感想を言い合うのも楽しかった。

生意気な後輩という印象ばかりが強かったけど、唐川は意外と紳士的だった。歩道を歩く際は必ず車道側を歩いてくれたし、店に入るときはいつも先にドアを開け、自分が入る前に綾を通してくれた。ほかにも、遅刻は絶対にできない性分なんだと言って、必ず十分前には待ち合わせ場所に来ていた。交際を始めてからも敬語をやめないのも、綾に対する敬意の表れのように思えて好ましかった。

「来週は、俺の家に泊まりませんか？」

何度目かのデートの帰り道、駅の構内を歩いている最中に唐川が言った。唐川の家に行くということは、つまりふたたび彼と同じ布団に入るということなのだろう。

「いいよ」

戸惑いを隠して綾が答えると、唐川は無邪気な笑みを見せた。オフィスでは決して見せない笑い方だった。

「それじゃ、気をつけてください」

改札の前まで来たところで、唐川が足を止めて言った。唐川はデートのときも、愛用のロードバイクに乗っていた。

「次の週末、楽しみにしてます」

唐川の言葉は、現実のものにはならなかった。実現しなかったのではなく、泊まりに行く日が、四日も早まったのだった。

きっかけは二つ。綾が仕事でミスをして課長に叱られたことと、実家から電話が来たことだった。

出向の身とはいえ、自分のミスで周囲に迷惑をかけたのだから、きつい言葉で叱責されたのはしかたない。だけど、最後に課長が何気なくつぶやいた一言だけは、受け入れることができなかった。

「まあ、女の子のやることだからね、しかたないか」

平気でセクハラやパワハラを行う人間が少なくない中で、この課長はまともな感覚を持った、信頼できる上司だと思っていた。そんな人が、差別的な発言をしているという自覚もなく、ごく自然な口調で女性を見下す発言をしたことが、綾の心をえぐった。

それまでのいっさいの働きを否定された気がした。どれだけ一生懸命仕事を頑張っても、プログラミングスキルのさらなる向上に努めていても、女であるというだけで半人前扱いされてしまうのか。

母からの電話は、同じ日の夕方、残業中にかかってきた。無視しようかとも思ったけど、非常階段に移動して電話を受けた。

「親戚から新米をもらったんだけど、私たちだけじゃ食べきれないから送ろうと思ってね」

「うん、ありがとう」

「仕事はどう？　頑張ってる？」

「うん」

まだ残業しているから、と言って電話を切り上げようとしたのだが、母は続けて話し出した。

「この間、真希子ちゃんのお母さんが遊びに来たの。真希子ちゃんのお子さんの写真、たくさん見せてもらっちゃった。すごくかわいかったよ」

「そうなんだ、あの、今まだ仕事ちゅ……」

「綾はどうなの？　いい人、誰かいないの？」

やはりその話か。ため息をつきたくなるのをこらえ、「そういうのはまだ当分先かな。あの、ごめん、まだ会社なんだ」

「そう。でもね、いつまでも先送りしてると、あっという間におばさんになっちゃうんだからね。仕事を頑張るのもいいけど、ちゃんと将来のこと考えないとダメだよ」

「うん、わかってる」

電話を切った途端、猛烈な倦怠感に襲われた。すぐには席に戻る気になれず、しばらく壁にもたれかかっていた。

母の期待が、うっとうしくてたまらなかった。結局、女はいくら仕事に励んでも認めてはもらえないのか。結婚して子どもを産む、そこにしか女の価値はないのか。だけど、子どもを産んだからといって、皆が祝福してくれるわけではないことを綾は知っている。

子育てがいかにしんどいのか、真希子からよく聞いていた。赤ちゃんの世話に手がかかるのはしかたないけど、社会の無理解が腹立たしい、と憤っていた。混雑する電車にベビーカーを押して乗ったら周囲の乗客から迷惑そうな視線を向けられ、電車内で赤ちゃんが泣き出したら露骨に舌打ちをされた。最近は、職場復帰のために保育園を探していたが、なかなか預け先を見つけられずに苦労していた。半年以上前に話題になった「保育園落ちた日本死ね!!!」というタイトルのブログ記事に、真希子は深く共感していた。

両手で顔を覆い、ため息をついた。働いても見下され、子どもを産むことを求められ、それなのにいざ産んでみると邪魔者扱いされる。女って何のために存在しているんだろう。

うんざりしたところで、ふたたびスマートフォンが鳴った。今度はLINEのメッセージだった。

「綾さんはまだ残るんですか? 俺は先に帰りますけど、頑張ってください!」

フロアに戻ると、唐川の机は綺麗に片づけられ、持ち主の姿は消えていた。空になった椅子を見つめているうちに、猛烈に唐川が恋しくなってきた。自分の抱えている憂鬱を、全部彼に吐き出したくなった。

「唐川君の家に行くの、今日じゃダメかな?」

送ったメッセージに返事をもらい、唐川の指定する駅に向かうことになった。残った仕事は翌日の自分に押しつけることにして、急ぎ足で会社を出て電車に乗った。

駅の構内を出たところに、唐川の姿があった。

「ごめんね、わがまま言って」

「綾さんのわがままならいくらでも聞きますよ」

線路沿いの道を並んで歩いた。発車したばかりの電車が、二人をゆっくりと追い越していった。

「家、この近くなの？」

「いや、最寄り駅はもう一駅先なんです」

「え？　じゃあどうしてさっきの駅で待ち合わせたの？」

「せっかく綾さんと一緒に歩けるのに、すぐ家に着いたらつまんないじゃないですか」

唐川が綾の手に自身の手を絡めてきた。唐川の手は温かく、綾の心臓にまでぬくもりが届いてくるかのようだった。

「わざわざ時間をかけて家に帰るなんて、非合理的じゃない？」

照れ隠しに皮肉を言うと、彼は顔色一つ変えずに答えた。

「合理的ですよ。だって時間をかけた分だけ、幸福を味わえているんですから」

それから、唐川は「それに、この弁当屋が好きなんです」と言って道の先にある店を指さした。

「ここで夕食買っていきませんか？　それとも隣のマクドにします？」

「いや、お弁当にしよう」

二人分の弁当を買い、ふたたび手をつないで唐川の家へ向かう。

「そういえば、さっきマクドって言ったね。やっぱり関西人だね」

「つい言っちゃいました。関西弁は出さないように気をつけてるんですけどね」

持ち帰りのハンバーガーとコーヒーを持った客が、マクドナルドから出てきて綾たちとすれ違っていった。

「コーヒーこぼしてやけどしたら仕事辞められますよ」

突然唐川が言った。

「は?」

「飲み会で言ってたじゃないですか。金持ちと結婚して、すぐに離婚して多額の慰謝料もらえば仕事辞められるって」

「香苗の話に合わせただけで、私は仕事辞める気ないよ。ていうか、どうしてやけどしたら辞められるのよ」

「マクドナルド訴訟って知りません? アメリカで、マクドナルドのコーヒーをこぼしてやけどした女性が、会社を訴えたんです。そしたら何と、マクドナルドは裁判に負けて三百万ドルの賠償金を課せられたんですよ」

「三百万ドルって、要するに三億円以上だよね。やけどしたのを会社のせいにして裁判起こしたのも十分おかしいけど、その判決は異常じゃない?」

「ですよね。でもそうか、綾さんは仕事続けたいんですね。じゃあ吉野さんに勧めようかな」

唐川が香苗の名を挙げた。

「唐川君がやってみれば？」

「必要ありません。俺は仕事でのし上がるって決めてるんです」

「上昇志向強いねえ」

「いい仕事をして世の中に貢献しないとね。それが俺の使命ですから」

使命だなんて大げさだな、と思っている間に唐川の住む六畳一間のアパートに着いた。よく整理整頓された、すっきりとした部屋だった。向上心の強い彼らしく、本棚にはビジネス書が何冊も並んでいた。

ソファーに並んで座り、テレビを眺めながら買ってきた弁当を食べた。食べ終えたら今日の出来事を唐川に話そう。そう思っていたのだが、テレビがこの後に始まる番組の予告を流した途端、綾は思わず声を上げていた。

「あ、今日火曜日じゃん！　ねえ、逃げ恥観ていい？」

「はい？　ニゲハジ？」

「『逃げるは恥だが役に立つ』だよ。先月の飲み会で、契約結婚の話したじゃない。そのドラマだよ」

「ああ、そうやって略すんですか。そのドラマ、結構人気あるみたいですね」

唐川に許可をもらい、十時から『逃げるは恥だが役に立つ』を視聴した。唐川はスマートフォンで過去のストーリーを調べながら、綾と一緒にドラマを観ていた。

十時半を回り、番組がCMに入ったところで、唐川がリモコンを持ち、いくつかチャンネルをザッピングした。ニュース番組が流れてきたところで、唐川の手が止まった。

番組では、七月に起こった、相模原市にある知的障害者福祉施設での殺人事件を特集していた。かつて職員だった男が、施設に乗り込んで入所者十九人を殺害するという、凄惨な事件だった。テレビでは、その後の施設の様子を放映していた。

チャンネルを変えてから二分近く経った。そろそろCM終わるから戻して、という要望は口に出せなかった。唐川の顔があまりに痛々しく、涙さえ流しそうな様子だったからだ。

「唐川君?」

「あ、すいません、チャンネル戻します」

ドラマが再開してからも、彼の表情から悲痛の色が消えることはなかった。

「ねえ、どうしたの？　大丈夫?」

心配になって尋ねると、唐川は充血させた目を綾に向けてきた。

「相模原の事件、俺、本当に許せないんですよ。事件のこと考えるだけで怒りで我を忘れそうになるんです。犯人の動機、覚えていますか？」

意思の疎通すら取れない人間に生きてる価値はない。そんな動機だったはずだ。インターネットには犯人の考えに同意する人がいて、おぞましさを覚えたことを記憶していた。

「ふざけんな、って思うんです」

唐川が吐き捨てた。「他人の価値を勝手に決めつけるなんて何様のつもりだ、って話ですよ。この世界に生を受けたことには絶対に意味があるし、生きている以上この世界で果たしている役割がある。生きる価値のない人なんていない。俺たちはみんな、かけがえのない存在のはずなんです」

職場では生意気で、デートの際は一転して紳士的なふるまいをする彼が、こんなに感情をむき出しにするのを見るのは初めてだった。だからこそ、青臭ささえ覚える唐川の言葉は、綾の心を震わせた。

「すいません、熱くなりすぎちゃいましたね。ドラマ観ましょうか」

唐川が恥ずかしそうに言ったが、ドラマのことはもう綾の頭になかった。唐川のまっすぐな言葉は、自身の存在意義に悩んでいた綾の胸を打ち抜いていた。

「私にも、ちゃんと価値あるのかな」

すがりつくような思いで、唐川に訴えた。「仕事では『女だから使えない』って見下されて、孫をほしがってる親の期待に応えられなくて、でも子育てのつらさを考えると子ども作るのも億劫で、誰のためにもなれなくて、誰の期待にも応えられない私でも、ここにいていいのかな」

「当たり前じゃないですか」

急に視界がふさがり、顔に何かが押しつけられる感触とともに何も見えなくなった。少し遅れて、唐川に抱きしめられていることに気がついた。

「綾さんがいなくなれば、俺が困ります」

唐川の吐息が、綾の耳たぶをくすぐった。「初めて会ったときから綺麗な人だと思ってました。二人で飲みに行けたときはガッツポーズしたくなるくらいうれしかったし、ホテルについてきてくれたときは興奮で頭がおかしくなりそうでした。今、綾さんをこうやって抱きしめていられることがたまらなく幸せです。俺にとって、あなた以上に価値のある人なんていません」

唐川の言葉ひとつひとつが胸に沁み込んでいった。目の前の人が、確固たる愛情を抱いてくれている。自分は、この人にとってなくてはならない存在になっている。そのことを実感してから、綾の胸は高鳴っていった。

ああ、この感覚は五年ぶりだ。

「好きですよ、綾さん」

唐川の胸に顔をうずめたまま、綾は唐川の背中に手を回した。唐川のジャージに頬を押しつけ、彼のぬくもりを味わった。

「私も好きだよ。唐川君」

言葉にすると、愛情がさらに込み上げてきた。もう、自分の気持ちに迷う必要はなくなった。

いつの間にかドラマは終わっていたらしく、星野源の『恋』が耳に入ってきた。好みの曲ではなかったはずなのに、軽快なメロディーがやけに心に響いた。綾を祝福するための歌なんじゃないか、という錯覚さえ抱くほどだった。唐川に抱きしめられる喜びを味わいながら、今度星野源の曲をじっくり聴いてみよう、と思った。

それからは、週末だけではなく、平日も週に一度は唐川の家に泊まるようになった。一緒にテレビや、彼が勧める映画をＤＶＤで観た。寝る前にセックスをして、唐川の肩に頭を乗せて眠りに就いた。朝は家を出たところで唐川と別れ、彼は自転車で、綾は電車に乗ってそれぞれ職場へ向かった。十一月末日で綾の出向が終わり、唐川と違う職場になってからも、その習慣は続いた。

関係が急速に深まる中、その言葉が唐川の口から飛び出した。十二月中旬、遊園地に行き、夕食を終えて駅へ向かう最中のことだった。

「綾さんは結婚って考えてます？」

にぎやかな大学生の一団が通り過ぎていくのを待ってから、何気ない口調で彼は言った。

「何よ、急に」

「俺は綾さんと結婚したいって思ってますよ」

通りに並ぶアパートに目を向けながら、唐川は言った。あいかわらず口調はさりげなかったけど、綾の手を握る力が少しだけ強くなった。

「まだつきあって二ヵ月しか経っていないのに？」

「それが何か？」

振り向いた顔には、会社でよく見せる、相手を小馬鹿にするような表情が浮かんでいた。唐川はふたたび前を向き、さらに綾を動揺させる言葉を放った。

「綾さんとの子どももほしいな」

しばらく沈黙してから、「唐川君、子どもほしいんだ」と返した。

「自分の血を残したいと願うのは自然なことじゃないですか？　そうやって、人間の命はつながっていくわけですから」

じゃあ、そういう願いをあまり持たない自分は不自然なの？　そう問いただしたいのをこらえ、代わりに「今はまだ考えられない」と言った。

「まだお互い、知らないことがたくさんあるはず。もっと長い時間一緒にいて、話をして、相手のことをよく理解できて、初めて結婚が視野に入るんじゃない？」

「そうですか」

唐川はそう言ったきり、口を閉ざした。

前方に駅が見えてきた。改札の前でつないでいた手を離し、お互いSuicaを取り出した。だけど、改札を通ってから、唐川は綾に手を伸ばしてこなかった。二人の間に空いた、わずかな隙間を意識しながらホームまでの道のりを歩いた。ホームに出ると、唐川は綾を置いて早足で歩き出した。

初めて見せる唐川の不機嫌そうな態度に動揺しながら、彼の背中を追った。唐川は最後尾の乗車口で足を止め、電車がホームに近づいてくるのを怖い顔で見つめていた。

唐川の浮気現場を目撃したのは、数日後、クリスマスを目前に控えた水曜日のことだった。

その日、二人の間に生じた気まずい雰囲気を打破したくて、唐川の家をサプライズ訪問することにした。定時に仕事を終えたことは、彼のTwitterで確認していた。

初めて泊まった日に行った弁当屋に寄ろうと思い、最寄り駅のひとつ手前で降りた。駅の外に出たところで、近くのコンビニの前で、コートのポケットに手を入れて寒さをこらえる唐川の姿が目に入ってきた。何をしているのかと思い遠くから様子を窺っていると、唐川の元に一人の女性が駆け寄っていった。

十月から唐川の勤める会社で勤務を始めた、真中《まなか》という派遣社員だった。綾より少し年上の内気な人で、手首に傷跡がある、という噂を聞いたことがあった。

唐川と真中の距離が縮まったのは、よりによって出向最終日に行われた綾の送別会だった。送別会では、天皇退位の話題になったのをきっかけに、平成の間に起こった大きなニュースをみんなで振り返っていた。

「地震が多かったよね。3・11で私の実家も被災したし、阪神大震災もあったし。今年は熊本でも地震があった」

「地震じゃないけど、雲仙普賢岳の噴火も平成だったよな。そのころ俺は長崎に住んでたから、衝撃的な出来事だったよ……あれ、もしかしてみんな知らない？」

その場で一番年上だった係長が、周囲の反応の鈍さにショックを受けていた。

「そういえば、唐川君は兵庫の出身だよね。阪神大震災は経験してるの？」

香苗が尋ねると、唐川はうなずいてから、一言つけ加えた。

「ただ、そのころ俺は三歳だったから、ほとんど覚えてないんですよね」

「そうか、あの震災のときはまだ三歳か。年齢差感じるなあ」

係長がふたたび嘆く横で、今度は別の男性社員が口を開いた。

「そういえば酒鬼薔薇聖斗の事件も兵庫だろ。それは覚えてるか？」

「阪神大震災の二年後だから六歳でしたね。まわりが大騒ぎしていたのは覚えてます」

「俺、あの犯人と同級生なんだ。俺の世代はなぜか十代の殺人者が多いんだよ。酒鬼薔薇もそうだし、十七歳でバスジャックした奴もいるし、そいつと同じ時期に『人を殺してみたかった』と言って殺人を犯した奴も十七歳だった。当時は『キレる十七歳』とか『犯罪世代』とか言われて白い目で見られてたんだ。ひどいだろ」

「二〇〇〇年でしたよね、それ。覚えてます。当時高校生っておそろしい生き物なんだと思ってましたから」

綾が言うと、男性社員は「迷惑な話だよ」と顔をしかめた。

「でも、十代ってのは道を誤る年頃だよね」

すっかり酔いの回った香苗がジントニックを飲みながら言った。「私も十代のころはあらゆるものに反抗してたね。やりたいことも特別な才能もないくせに、レールの上を走るだけの平凡な人生は嫌だ、なんて言ってた。自分は誰も通ったことのない、道なき道を進むんだって息巻いてた。ほんとバカだよね」

そこで、ずっと黙っていた真中が、下を向いたまま言った。

「平凡な人生の何がダメなんですか。レールの上をきちんと走るのだって立派なことですよ。脱線したら大変なことになります」

「真中さん？　急にどうしたんですか？」

香苗が尋ねると、真中はあわてて口を閉じ、「すいません、変なこと言って」と謝った。

楽しかった場が一変し、白けた空気が漂いだした。話を遮られた香苗は露骨に不機嫌そうにしていたし、綾も顔をしかめて、突然横やりを入れてきた真中のうつむく姿に目をやっていた。

「ああ、そういえば、他にも兵庫県って大きい事件あったよな。たしか尼崎だったと思うんだけど……」

係長がいつもより明るい声を出し、話題を復活させた。

「そうでしたっけ？　まあ、人口の多い県だから事件はいろいろあるでしょうけど」

綾が考えていると、気まずい雰囲気を作り出したことを取り返すかのように、真中が顔を上げた。

「角田美代子の事件じゃないですか」

全員、真中の顔を見た。

「角田美代子っていう人が他人の家庭を支配して、たくさんの人を殺した事件、知りませんか？　二〇一二年に大きなニュースになったんですけど」

「ああ、ありましたね、そんなの！　よくワイドショーで複雑な人物相関図が紹介されてましたね。角田美代子って今も裁判やってるんでしたっけ？」

香苗が訊くと、真中は首を振った。

「逮捕の一年後に留置場で自殺したんです」

「そうでしたっけ。真中さん、よく覚えてますね」

「尼崎は地元なので」

すると、唐川が驚いて声を上げた。

「え、そうなんですか？　俺、伊丹ですよ！」

「隣の市じゃないですか！」

真中もめずらしく明るい顔になった。その後の会話で、二人の現在の住居も近いことが判明した。真中は、綾が初めて唐川の家に泊まるときに降りた駅の近くに住んでいるらしい。盛り上がる二人を、綾は冷たい目で見ていた。こんなことで嫉妬しなくていいのにと自己嫌悪する一方で、真中が唐川の家の近くに住んでいるという事実が、綾と唐川の世界を侵食されたように思えて気にくわなかった。

その後、二次会が予定されていたが、真中だけは帰ることになり、全員で駅まで見送った。

「よし、じゃあ次の店に行きましょう！」

真中が改札を通ってから、香苗が言って、みんなを先導した。駅のホームが見える通りを歩いていると、急に唐川が立ち止まった。

「どうしたの？」

唐川は、ホームを歩く真中に焦点を合わせていた。フェンスの向こうにある、ホームの端までとぼとぼと歩く真中の姿を、真剣な顔つきで見つめていた。

「ぼさっとしてないで行くよ」

棘を存分に含んだ声を唐川に投げつけたとき、真中の乗る電車が低い音とともに現れ、最後尾の乗り場に立つ彼女の姿を隠した。


冬の風に吹かれながら、唐川と真中を尾行した。

初めて唐川の家に行ったとき、彼は綾と一緒に歩きたいと言ってわざと最寄り駅からひとつ手前の駅を指定した。唐川にとって、真中も一緒に歩ける時間を大切にしたい女性なのだろうか。

いや、まだ彼の家に行くと決まったわけじゃない。綾と歩いたときとは違い、手をつないでもいない。何か用事があって会っているのかもしれない。

二十分ほど歩き、隣駅の近くにある小さなレストランに入っていった。綾と何度か行ったことのある店だ。この店が目的地なら、隣駅で待ち合わせてもよかったのに。

綾は向かいにある喫茶店に入り、入口に一番近い席でパスタを食べながら、レストランの様子を窺った。

この年の上半期、ミュージシャンやタレント、国会議員など、有名人の不倫が続々発覚し、「ゲス不倫」という言葉が生まれるほどの社会現象となった。他人事のようにそれらのニュースを見ていたけど、まさか自分が似たような立場に置かれることになるとは想像すらしていなかった。本当に、唐川は真中と浮気をしているのか。結婚の話に否定的な返事をしたことが、唐川の心を変えてしまったのだろうか。

二時間後、二人が店を出て、入口の近くで話し始めた。どうやら、唐川が真中を送ろうとしているのを彼女が断り、店の前で別れることになったようだ。

その後の唐川の行動を目の当たりにして、綾は凍りついた。

別れ際、唐川は真中の背中に手を回し、彼女を抱きしめたのだ。

クリスマスは日曜日だったのに、唐川が泊まりがけの出張に行ったせいで会うことができなかった。その代わり、翌二十六日、唐川の家に泊まることになった。当日の朝、「今日、綾さんに話したいことがあるんです。聞いてもらえますか」というメッセージが届いた。

話があるのはこっちの方だ、と怒りを覚えたのは一瞬で、真中を好きになったから別れてほしいと言われたらどうしよう、という不安にさいなまれた。

当日、仕事を終えた綾は、暗い予感に怯えながら電車に乗って唐川の家に向かった。

休日出勤の代休日だった唐川が駅前で出迎えた。

途中で、一日遅れのクリスマスケーキを買って帰った。台所で綾が簡単な料理を作り、ワインを飲み、料理やケーキを食べながら、この日最終回を迎えた『SMAP×SMAP』を見ていた。

「SMAPは本当に紅白出ないんですか？」

「そうみたい。テレビで見られるのは今日が最後だね。一応年末で解散ということになるそうだけど、実質的には今日がSMAP最後の日だね」

「そうなんですか」

唐川は残念そうにため息をついた。いつもどおりの唐川だった。真中を抱きしめる光景は幻だったんじゃないかとさえ思えてきた。

夜の九時を回ったところで、唐川が風呂に入ると言って姿を消した。一人になった綾の目に、テーブルの上に置かれた唐川のスマートフォンが飛び込んできた。綾はしばらくためらったのち、シャワーの音がする風呂場に顔を向け、「ごめんね」とつぶやいてからスマホに手を伸ばした。

唐川がスマホにロックをかけていないことは知っていた。スマホを開き、メールボックスをタップした。真中はまだガラケーを使っていたから、LINEではなくメールでのやりとりをしているはずだ。

唐川が真中に送ったメールが見つかった。五日前、二人が会っていた日の夜中のメールだ。

文面を見て、綾は打ちのめされた。

「僕たちが生きていること、出会えたことは、ただの偶然じゃない。きっと意味があるはずです。真中さんは一人じゃない。これから、ともに生きていきましょう。」

急にスマホが汚らわしいものに思えてきて、力任せに投げ捨てた。スマホの角が床に当たり、固い音を立てた。

唐川の心は、完全に真中に移ってしまった。

綾は唐川の家から逃げ出した。別れ話を切り出されるのをじっと待っているなんて耐えられなかった。涙をこらえながら、駅までの道を急いだ。電車に乗ってから、スマホが何度も震えたが、すべて無視した。家に帰り、一人で『SMAP×SMAP』の続きを見た。番組のクライマックスで『世界に一つだけの花』が披露された。唐川が初めて買ったCDだな、と思った途端、涙がこぼれて止まらなくなった。

番組が終わった後も、綾はしばらく泣き続けた。涙が止まったとき、綾は意外なほど達観していた。

SMAPは解散した。『こち亀』が終わり、桂歌丸も笑点を去った。そして平成もまもなく終わる。

どんなことにも終わりはくる。当たり前のことだ。

恋愛だって一緒だ。生涯変わらぬ愛を貫くというのは、誰にでもできることではない。唐川との恋だって、どうせいつかはダメになる。ダメになるのが思っていたより早かった、それだけのことだ。

スマホを開いた。大量に届いていた通知を確認することなく、唐川の連絡先を消去した。


それ以来、綾は恋をしていない。

最新のヒット曲も聴かなくなった。SMAPが解散してからはCDを買うこともなくなり、せっかく興味を持ち始めていた星野源の曲も、唐川を思い出してしまうので聴くのをやめた。最近は、YouTubeやSpotifyで昔のヒット曲を聴き直すことが増えた。子どものころ、昔の歌にしか興味を持たない両親を悪く言っていたが、綾も若くして似たような状況に陥ってしまっている。

＊

目の前のワインにほとんど手をつけず、綾は三年前の失恋を語った。

話している間にカップルが一組来店し、テーブルで静かに飲んでいた。時刻は七時を回っている。今から待ち合わせ場所に向かっても、八時に間に合うかどうか際どいところだ。

「あの日、唐川君は別れ話をしようとしたわけじゃなくて、真中さんとの間には、恋愛ではない別の深い関係があった。そういう可能性はありませんか」

綾が訊くと、みひろは「そうねえ」と言いながら腰に手を当てた。

「恋愛感情からじゃなく、親愛の思いを相手に伝えるためにハグをする、って可能性はゼロじゃないよね。たしか『逃げ恥』にもそういうシーンがあったしね。それに、メールにも『好き』とか『愛してる』とか、決定的な言葉はなかった。でも、恋愛じゃないとしたらどんな事情があったんだろう」

男性が口を開いたのは、みひろが太い腕を組んで考え込んでいる最中のことだった。

「唐川さんと、マクドナルド訴訟の話をしていましたね」

「何かわかったんですか！」

綾が期待のまなざしを男性に向けると、彼は少し臆しながらも綾に向かい合い、いつもより真剣な顔つきで続きを話した。

「あの裁判で、どうして原告は法外な賠償金を勝ち取ることができたか、ご存じですか」

綾は首を横に振った。

「原告の女性は、ドライブスルーで買ったコーヒーを両膝の間にはさんでいたのですが、ふたを開けたはずみでコーヒーが傾き、中身がこぼれてやけどをしました。やけどはコーヒーが熱すぎたことが原因だと主張し、会社を訴えたのです。実は、同じ理由でマクドナルドが訴えられたのは初めてではありませんでした。以前にも、従業員にコーヒーをこぼされてやけどを負った女性が裁判を起こし、三万ドル近い賠償金を支払ったことがあるのです」

「三万ドルですか。だけどこの裁判は、唐川君の話によると三百万ドル払うことになったんですよね。どうして百倍も差が出ちゃうんですか？　しかも今回は自分でこぼしたのに」

「原告の弁護士が、異なるアンカリングを持ち出すという作戦に出たのです」

「アンカリング？」

「数値の高低を考える際に、人は最初に提示された値を基準として考えるという心理傾向のことです。日本語で、係留と呼ぶ場合もあります。最初に出た値に、無意識のうちに繋ぎ止められてしまうということです」

「どういうことですか？」

「たとえば物を売るとき、単に定価五千円として販売するより、本来一万円だった商品を半額にしたとアピールした方が消費者の食いつきはよくなります。この場合、前者は五千円が判断の基準となるのに対し、後者は一万円が基準となり、基準より五割も安くなるのなら買いたい、と消費者を誘導できます」

「わかります。セールが行われていたら、たいしてほしくないものも買っちゃうことってありますよね」

「アンカリングの効果は強く、人は無意識のうちに誘導されてしまいます。アメリカの大学でこんな実験が行われました。学生を相手にいくつかの商品を紹介して、もし自分が買うとしたら何ドルまでなら出せるかを紙に書いてもらいました。しかし、金額を記入させる前に教授はある指示を出します。アメリカは国民ひとりひとりに社会保障番号というものが与えられているのですが、その番号の下二桁を書くように命じたのです。学生はまず自身の社会保障番号を書き、そのあとでそれぞれの商品に支払ってもいい金額を記入しました」

「実験の意図がよくわからないんですが。それもアンカリングの実験なんですか？」

「最初に書かせた社会保障番号、これが金額を考える際の基準になっていたのです。下二桁の数字が大きい学生ほど、品物に支払える金額は高く、下二桁の数字が低い学生ほど、支払額は低いという結果が出たのです」

「その番号は、購入金額を決める上で何の意味もない数字ですよね？　それなのに影響されちゃうんですか」

「それほど、アンカリングの影響は強いのです」

「いや、ちょっと待ってください。だったらなおさら、裁判の賠償額が以前の百倍になったのはおかしくないですか？　アンカリングの影響が全然ないじゃないですか」

「この裁判では、過去の判例ではなく、まったく違う数値を基準として用いたのです」

「他に何が基準になるっていうんですか？」

「マクドナルド全店のコーヒーの売上高です」

「売上高？　どうしてそれが基準になったんですか？」

「世界的な大企業が自社の商品でお客を傷つけたのだから、懲罰の意味を込めてコーヒーの売上高の一、二日分程度は支払ってもいいのではないか、と原告側が主張したのです。陪審員たちは、本当にマクドナルドに責任があるのか、なぜマクドナルド全店のコーヒーの売上が基準になるのかといった本質的な議論はほとんど行いませんでした。いつの間にか一日のコーヒーの売上額が彼らにとっての基準となり、何日分を支払わせるべきかという議論ばかりが行われていたそうです。結局、二日分の売上高に医療費等の補償額を加えたおよそ三百万ドルを支払うという判決が出たのです」

「なるほど、ちゃんと根拠のある金額だったんですね。いや、でもやっぱりおかしいです。やけどだけで三億以上の金額を払うなんてありえない」

「この判決はアメリカでも批判の声が多かったそうです。それはともかく、この話を通じてお伝えしたいのは、私たちは、何を基準とするかによって、思考や行動がまるで違ったものになる、ということです。そしてこの事実が、唐川さんの謎を解く鍵になります」

急に話が本筋に戻り、綾は思わず姿勢を正した。

「唐川さんは、私たちとはまったく異なる基準を持って、日々を過ごされていたのです」

「何ですか、その基準って？」

「電車は危険な乗り物だ、と彼は考えていたのです」

「電車？」

予想もしていなかった答えが返ってきた。

「唐川さんは極力電車に乗らずに日々を過ごしていました。通勤は自転車を利用していましたし、デートの際も極力自転車を使っています。大雨で自転車の運転が危険な日も、電車を使わずタクシーで会社に来ていました。電車通勤は非合理的だ、と発言されたそうですが、本当は電車に乗ることに恐怖を感じていたのだと思います」

「それだけで電車が怖いって決めつけられますか？」

「電車を危険だと考えていたのは唐川さんだけではありません。真中さんも同じ認識だったのでしょう」

「うそ？　どうしてわかるんですか？」

「唐川さんと真中さんが会った日、二人の目的地は唐川さんの家の最寄り駅近くにあるレストランだったにもかかわらず、一駅隣の、真中さんの自宅の最寄り駅で待ち合わせています。電車になるべく乗りたくない真中さんのために、唐川さんは隣の駅まで迎えに行き、歩いてレストランまで向かったのでしょう」

二人で歩きたいがために隣の駅で待ち合わせたわけではなかったのか。

「あなたの考えが正しいとして、どうして二人はそんなに電車を危険視するんですか？」

「あなたの話の中に、ヒントはいくつもありました。たとえば、唐川さんは遅刻ができない性分だと語っていたこと」

「え？　それがヒントになるんですか？」

「それから、唐川さんは生きる意味や自身の使命について強い思いを持っていること」

「はあ」

あいかわらず、どうしてこれがヒントになるのか見当がつかない。

「そして、二人とも、やむを得ず電車に乗る際は後方の車両を選んでいます。唐川さんは、遊園地の帰りに電車に乗る際、わざわざ最後尾の乗り場まで歩いていました。真中さんも、あなたの送別会の帰り、同じく最後尾の乗り場で電車を待っていました。その様子を唐川さんは見つめていたそうですが、おそらくそのときに、真中さんが自身と同じ体験をしていることを確信したのだと思います」

「何なんですか、その体験って」

「電車は危険、特に前方の車両は危ない、という考えを形成する基準となった体験です。送別会のやりとりを振り返ればどんな体験だったかわかるはずです。二人とも、兵庫の出身であること。それも、唐川さんは伊丹市、真中さんは尼崎市と、隣り合った街に住んでいました。それから、あの飲み会では平成の間に、兵庫県で起こった数々の出来事を話題にしていました。阪神・淡路大震災、酒鬼薔薇聖斗の事件、角田美代子の事件。もうひとつ、世の中に衝撃を与えたニュースが尼崎市であったはずです。二人は当時十代、当然記憶にあるはずなのに、彼らはその出来事を口にしなかった。おそらく、二人にとってそのニュースは、酒席で軽々しく語れるものではなかったのでしょう」

「何かありましたっけ？　唐川君が十代ってことは、二〇〇〇年代のことですか？」

「二〇〇五年四月にそれは起こりました。唐川さんは中学二年生、私立の中学校に電車通学していた時期です。『オンリーワンなんて努力しない人の言い訳』と否定していた『世界に一つだけの花』を買わせるに至った、人生観を一変させる出来事に、彼は遭遇したのです」

まもなく重大な事実が明かされる予感がして、綾は前のめりになって男性の話に耳を澄ました。

「真中さんが、かなり露骨なヒントを提示していました。同僚の香苗さんが、思春期のころ、レールの上を走るだけの平凡な人生は嫌だと思っていた、という話をしたとき、ずっと黙っていた真中さんが反論しました。彼女はこう言ったのです。『平凡な人生の何がダメなんですか。レールの上をきちんと走るのだって立派なことですよ。脱線したら大変なことになります』」

「あっ！　脱線！」

綾は思わず膝をたたいた。

「彼らは、福知山線脱線事故の被害者だったのではないでしょうか」

福知山線を走っていた電車が、制限速度を超過したままカーブを迎え、曲がりきれずに脱線した。車両は近くのマンションに激突し、前方の車両に乗っていた乗客を中心に百名以上の人が亡くなった。

綾は当時高校三年生だった。マンションに突っ込み、ぐしゃぐしゃにつぶれた車両をニュースで見て戦慄したことを覚えている。

まさかあの電車に、唐川が乗っていたなんて。

「おそらく、二人は前方の車両に乗っていたと考えられます。唐川さんは特にその可能性が高いでしょう。周囲の乗客の大半が亡くなる中、彼は生き残った。そのような環境に置かれたら、人は『なぜ自分は生き残ったのか』と考えるようになるのではないか、と私は想像します。自分が死ななかった意味は何なのか、生き残ったからにはきっとこの世で果たすべき役割があるはずだ、そう自分に問いながら彼はその後の人生を送っているのではないでしょうか」

「遅刻の件は事故とどう関係があるんですか？」

「脱線事故が起きたのは朝九時過ぎです。中学生が乗るには遅いですよね。この日、彼は学校に遅刻してしまったのではないでしょうか。遅刻したせいで事故に遭った。遅刻に敏感になるのも無理はありません」

「なるほど……」

「唐川さんのメールの文面や、真中さんの手首に傷跡があるという噂から察するに、あの事故は真中さんの心に暗い影を落とし続けているのでしょう。唐川さんは、同じ事故を経験した者として、彼女に前を向いてもらいたいと願っていたのです。その思いの中に、恋心が含まれていたかどうかはわかりません。しかし、みひろさんが言ったとおり、真中さんを抱きしめたのは、恋愛感情からではなく、同じ境遇を生き延びた者に対する親愛の思いからくるものだったのかもしれません」

「つまり、話し合う余地はあるってことだ」

みひろが言った。カウンターに手を突き、身を乗り出して綾を見下ろす。

「最後に泊まりに行った日、唐川君は話したいことがあるって言ってたんだよね。あれは、脱線事故に巻き込まれたことを話そうとしたんじゃない？　遊園地でデートした帰り、結婚の話を持ち出された綾ちゃんは、お互いのことをもっとよく知ってからじゃないと考えられないって答えた。だからこそ、唐川君は自分の過去を打ち明けようと決心したんじゃないかな」

「そうかもしれませんね」

「早く会いに行ったら？　誤解が解けて、よりを戻せるかもしれない」

「はい、そうですね」

「……綾ちゃん？　どうしたの？」

おざなりな返事しかしてこない綾を前にして、みひろは眉をひそめた。

「今さらどんな顔で会えばいいのかわからないんです」

綾はうつむいて言った。「唐川君の話を聞こうともしないで、早とちりして家から逃げ出して、ＬＩＮＥも全部無視して連絡先も消しちゃって、もう合わせる顔がないですよ。私、唐川君をめちゃくちゃ傷つけてるじゃないですか。重い過去を打ち明けようという唐川君の決意を踏みにじった私に、彼とつきあう資格なんかないですよ」

みひろが何かを言ったが、綾の耳には届かなかった。みひろより大きな声が、綾の横から発せられたからだ。

「行くべきです」

男性がいつもの猫背をまっすぐ伸ばし、毅然とした顔つきで綾を見据えていた。

綾は言葉を失い、今までとはまるで違う姿の男性を見つめた。

「あなたにはまだ、唐川さんに対する恋愛感情が残っているように見受けられます。だとするなら、絶対に彼の元へ向かうべきです。彼が傷ついていたら、相手の傷が癒えるまで謝り続ければいい」

それから、男性は一瞬だけみひろに目を向け、すぐに視線を綾に戻した。

「可能性を自らの手で摘むようなことはしてはいけません。これからの人生、私のように、ずっと後悔することになります」

カウンターの向こうから、「センセイ……」とつぶやく声が聞こえてきた。

綾は男性の顔をじっと見つめ、それから彼の手元に目をやった。ポロシャツの袖からいつもの腕時計がさびしそうに顔を覗かせていた。

綾は立ち上がった。

「私、行きます」

急いで財布を出そうとする綾を、みひろは手で制した。

「お金は次でいいから早く行きなさい。もう八時になっちゃうよ」

「どうなったか、今度教えてね。きっとうまくいくよ。いい報告がもらえるって信じてるから」

胸の前で拳を握るみひろを見て、一気に自信が湧き上がってきた。あいかわらず、みひろの笑みと、力強い言葉は、綾に元気を与えてくれる。

「すいません」

綾は立ち去りかけて、足を止め、男性に顔を向けた。

「ありがとうございました」

綾は頭を下げた。

「とんでもありません。私の知識が誰かの力になれたのなら、こんなにうれしいことはありません」

「また来ますから、ぜひみひろさんと一緒に聞いてくださいね。センセイ」

顔を上げながら男性のあだ名を言うと、彼は顔を引きつらせて綾とみひろを見比べていた。

「それじゃ、行ってきます！」

二人に背を向け、駅までの道を急いだ。

三年前、ＳＭＡＰは解散した。だけど、五人はそれぞれ新たな道を進み、今も綾たちを楽しませてくれる。

半年前、元号が変わり、さっそく消費税が上がった。以前真希子が言っていたとおり、人口が減り高齢化が進むこれからは、暗い時代が待ち受けているのかもしれない。だけど、綾の未来まで暗くなると決まっているわけではない。

駅前の広場で、若い男性がギターを弾きながらヒット曲のカバーを歌っていた。アーティスト名や曲名は忘れたが、最近たまたまテレビで目にした、サビのフレーズが印象的な曲だった。綾が感性を鈍らせている間にも、新たな名曲は生まれ続けている。彼の前を急ぎ足で通り過ぎながら、今度久しぶりにCDを買いにレコード店に足を運ぼうと思った。恋が再開する予感で胸が高鳴る今なら、最新のヒット曲にも心が動くような気がする。

男性がかき鳴らすギターの音を聴きながら、綾は駅の階段を全力で駆け上がった。

あとがき　チェリー

平成八年、一九九六年の春。僕は十一歳でした。

当時よく行っていたレンタルショップの一角では、CDの販売も行っていました。ふだんはレンタルするだけで買うことはなかったのですが、その日はテレビで聴いていい曲だなと思っていたシングルが目に留まり、生まれて初めてCDを買いました。いつもだったら録音してすぐ返却していたCDが自分の所有物になったことに、大きな喜びを感じました。

このとき買ったCDがスピッツの『チェリー』です。

当時の僕にとって、CDを買うというのは、少し大人びた、お洒落で格好いい行為でした。もうアニメや漫画にばかり夢中になってるだけの子どもじゃないんだぞと背伸びをするために、レンタルなら百円で済むところを、わざわざ千円という子どもにとっての大金を払ってCDを買っていたような気がします。この感覚は、僕だけではなくて、他のみんなもある程度持っていたのではないかと思います。だからこそ、初めて買った

CDが何なのかを何十年経っても覚えている人が多いのではないでしょうか。

CDで音楽を聴かなくなった時代を生きる十代や二十代の方には、理解してもらえないことかもしれません。「初めて買ったCDは？」という質問が一般的なものではなくなる日も、やがて訪れるはずです。

この十年で、音楽を聴くことに対する金銭的なハードルは驚くほど下がりました。月額千円（シングル一枚と同じ値段！）程度で数千万曲を聴くことができる音楽配信サービスがたくさん生まれ、YouTubeでは曲だけでなくミュージックビデオさえも無料で楽しむことができます。膨大な数の名曲をわずかなお金で堪能できる、僕が初めてCDを買った二十五年前には考えられない、夢のような時代が訪れました。だけど、たった一曲のためにわざわざ千円払ってCDを買い、歌詞カードを見ながら同じ曲を繰り返し聴く、一曲一曲を大切にせざるを得なかったあの日々も、実は現代に負けないくらい楽しい時代だったのではないか、そんな気もしています。

そんなことを考えながら、この小説を書きました。

二〇二一年　三月
大石大

文庫版あとがき　アイドル

令和六年、二〇二四年の冬。僕は三十九歳です。

この小説を書き始めたのは、二〇一九年のことでした。

その年の五月に元号が変わりました。そこで、平成を振り返りつつ、新たな時代の幕開けを感じさせるような小説を書きたいと思い、筆を執りました。

単行本が刊行されたのは二〇二一年の五月。コロナウイルスの流行により、何度目かの緊急事態宣言が発令される中でのことでした。小説を書き始めた時点では、まったく想定していなかった形で、新たな時代が幕を開けていました。

この小説にあるような、行きつけのバーに飲みに行く、という文化は過去のものになっていました。あれから三年が経った今、以前のような日常が戻ってはきたものの、コロナ禍を乗り越えられず、営業を続けていくことを諦めた飲食店もたくさんあるはずです。果たして、小説の舞台となったバー『Ｓｍｉｌｅ』は、この間の苦境を耐え忍ぶことができたのでしょうか……。

僕個人の人生は、幸い、コロナによって大きな影響を受けることはありませんでした（感染はしましたが……）。ただ、コロナ以降に起こった個人的な変化として、紅白歌合戦を熱心に観るようになりました。

コロナ以前はさほど紅白には関心がなかったのですが、二〇二〇年以降は、必ず冒頭から終わりまで見届けるようになりました。暗い時代が続く中で、せめて年末くらいは明るい気持ちで年を越したかったからなのかもしれません。

嵐の活動休止前最後の出演、けん玉ギネス記録チャレンジ、上島竜兵に捧げた『白い雲のように』など、見どころはたくさんあったのですが、中でも圧巻だったのが、昨年披露したYOASOBIの『アイドル』でした。

楽曲自体ももちろん素晴らしいのですが、YOASOBIの二人が曲を披露する最中に、すでに自分の出番を終えていた日韓のアイドルたちがダンサーとして続々とステージに登場する、という演出に心を打ち抜かれました。

番組が終わってからも、しばらくの間、すごいものを見た、という高揚感に包まれていました。閉塞している世の中でも、すばらしいものを生み出すために汗を流している人たちはたくさんいる、という事実に、勇気を与えられたような気がしました。

二〇二四年、いきなり元日に大地震が起こり、その翌日には航空機の衝突事故が発生するなど、あいかわらず不穏な日々が続きます。それでも、苦境を切り開く底力が自分たちにはあることを信じて、この新たな時代を生きていきたいと思います。

二〇二四年　二月

大石大

参考文献一覧

『徹底図解　社会心理学』（山岸俊男監修／新星出版社／二〇一一年）
『錯覚の科学』（クリストファー・チャブリス　ダニエル・シモンズ著　木村博江訳／文春文庫／二〇一四年）
『愛と怒りの行動経済学　賢い人は感情で決める』（エヤル・ヴィンター著　青木創訳／ハヤカワ・ノンフィクション文庫／二〇一九年）
『ファスト＆スロー　あなたの意思はどのように決まるか？　上』（ダニエル・カーネマン著　村井章子訳／ハヤカワ・ノンフィクション文庫／二〇一四年）
『予想どおりに不合理　行動経済学が明かす「あなたがそれを選ぶわけ」』（ダン・アリエリー著　熊谷淳子訳／ハヤカワ・ノンフィクション文庫／二〇一三年）
『感性の限界　不合理性・不自由性・不条理性』（高橋昌一郎著／講談社現代新書／二〇一二年）

本作品は二〇二一年五月、小社より単行本『いつものＢａｒで、失恋の謎解きを』として刊行されました。文庫化にあたり改題、修正をしています。

双葉文庫

お-47-01

恋《こい》の謎解《なぞと》きはヒット曲《きょく》にのせて

2024年3月16日　第1刷発行

【著者】
大石大《おおいしだい》

【発行者】
箕浦克史
【発行所】
株式会社双葉社
〒162-8540 東京都新宿区東五軒町3番28号
［電話］03-5261-4818(営業部)　03-5261-4831(編集部)
www.futabasha.co.jp（双葉社の書籍・コミックが買えます）
【印刷所】
大日本印刷株式会社
【製本所】
大日本印刷株式会社
【カバー印刷】
株式会社久栄社
【DTP】
株式会社ビーワークス

【フォーマット・デザイン】
日下潤一

ISBN978-4-575-52738-4 C0193
Printed in Japan

JASRAC 出 2401018-401

彼女が遺したミステリ

伴田　音

病気でこの世を去った婚約者から送られてきた手紙。そこにあった謎を解いていくと、彼女が伝えたかった思いが溢れてくる。珠玉の恋愛ミステリー。

双葉文庫

だから家族は、

山田佳奈

認知症の父が失踪した。父の浮気が原因でバラバラになった家族は失踪を機に再び集まるが……。人気脚本家が「仲良くない普通の家族」を描いた小説デビュー作。

双葉文庫